rowohlt
BERLIN

Françoise Cactus

Neurosen zum Valentinstag

Geschichten

Rowohlt · Berlin

1. Auflage März 2004

Satz aus der Garamond PostScript von
hanseatenSatz-bremen, Bremen
Druck und Bindung Clausen & Bosse, Leck
Printed in Germany
ISBN 3 87134 499 0

Vielen Dank an: Brezel Göring, Susanne Koppe, Marcelle Van Hove, Wolfgang Müller, Lena Braun und Patricia Klobusiczky

*Inhalts*verzeichnis

Apocalypstick

Alle haben immer irgendein Problem,
und wenn's auch ist, dass die
Toilettenspülung nicht funktioniert.
(Andy Warhol)

«Oh, Pamela, da bist du ja schon! Toll siehst du aus! Warst du im Urlaub?»

«Nein, ganz im Gegenteil. Auf Partys bis in die Puppen.»

«Zwei Minuten … Ich rauche schnell eine und bin gleich wieder bei dir.»

«Also, rauchen tue ich jetzt nicht mehr …»

«Du hast aufgehört? Fantastisch! Und … wie geht's dir dabei?»

«Viel besser. Endlich schmeckt die Schokolade nach Trüffel und der Fisch nach Kaviar!»

«Möchtest du ein Glas Champagner?»

«Sehr gern. Es würde meinem Kater gut bekommen.»

«Voilà. Bis gleich.»

(N. B.: Pamela rollt das R.)

Aua, mein Kopf! … Hmm … Dieses prickelnde Gefühl in meinem Mund … Wie gern würde ich jetzt eine paffen! Aber nein, meine Süße, du bist nicht von dieser Erde. Dich interessieren irdische Nöte überhaupt nicht.

«So … Hast du dir was überlegt?»

«Gar nichts. Ich verlasse mich auf deinen guten Geschmack, lieber André.»

«Also, ich habe an etwas Asymmetrisches gedacht, in drei Farben: Schwarz, Rot, Gold.»

«Asymmetrisch gab's schon mal irgendwann, oder?»

«Stimmt, aber die Moden von gestern sind die Paradiesvorstellungen von heute.»

«Ich glaube, ich habe das Sixties-Revival dreimal und das Seventies-Revival zweimal erlebt. Jetzt sind die Achtziger dran. Egal! Hauptsache, es wirkt jugendlich.»

«Ins Casino wird man dich ohne Ausweis nicht mehr einlassen.»

«Schön wär's!»

«Komm mit … So! Ein Lätzchen für das Baby … Augen schließen, André kümmert sich um alles.»

Hmm … Wenn man mir nur an den Kopf fasst, könnte ich sofort einschlafen. André ist besser als Aspirin. Eines kann er: massieren. Mit ihm langweilt sich sein Freund bestimmt nicht. Obwohl … zu Hause essen Konditoren keine Sahnetorten. Eines kann er auch: plappern.

«Stehst du demnächst wieder auf der Bühne?»

«Wahrscheinlich spiele ich das Huhn in *Die Zukunft liegt in den Eiern.*»

«Wie spannend! Sag Bescheid, wenn es so weit ist!»

«Aber ja … Sicher … Gähn … Sorry! Zu wenig geschlafen.»

«Entspanne dich. Gut so … Ich gehe die Farben mischen.»

Ja, und noch eine rauchen, schätze ich. Armer André, Opfer seiner Süchte, schnüffelt dieses chemische Zeug und raucht auch noch dabei. Irgendwann explodiert der Salon … Ob die hier Schokolade haben?

«Noch ein Glas?»

«Aber ja, immer. Hmm … Wie erfrischend!»

«Sollten wir den Scheitel auf die andere Seite verlegen?»

«*Pourquoi pas,* wie der Finne sagt. Hauptsache …»

«… es wirkt jugendlich. Keine Frage! Das tut es! Und dadurch entsteht mehr Volumen!»

«Also dann …»

«Deckhaar lang mit Scheitel links, Seiten stufig bis extrem kurz, sodass deine wohlgeformten Ohren zur Geltung kommen … Oben wird's feuerrot, und dann stufenweise immer dunkler … zum Schluss das Goldtüpfelchen.»

«Du bist ein Künstler, der van Gogh des Haarschweifs!»

«Und du eine unverbesserliche Schmeichlerin. Wie steht's mit der Liebe?»

«Umpf! Themawechsel. Ich überlege, ob ich lesbisch werden sollte. Daniel hat mich ein für alle Mal von Männern degoutiert.»

«Also? Alles aus?»

«Alles aus! *Gute Reise und schöner Wind!*»

«Für ein Coming-out ist es allerdings nie zu spät …»

«Genau! Nie zu spät … Stell dir vor, jemand würde mich mit den Alupapilloten erwischen! Gott! Wäre das peinlich!»

«Aber keiner wird dich zu Gesicht bekommen außer mir …»

«Und Friseure sind wie Priester oder Psychiater. Vor ihnen braucht man sich gar nicht zu schämen.»

«Bei uns gilt auch die Schweigepflicht. Erzähle ich jedem, dass Jim Trevor ein Toupet trägt?»

«Nein! Der trägt ein Toupet? Das ist ja zu gut! Aber ist er nicht erst fünfundzwanzig?»

«Rechne mindestens zehn Jahre dazu. Der isst zu viel Fleisch. Da ist Testosteron drin. Das lässt die Kopfhaare fallen und die Brusthaare wachsen.»

«Stimmt. Männer mit Glatzen haben meistens lange Haare auf der Brust oder auf dem Rücken. Ich hatte mal so einen, nein! Beim Sex konnte ich mich an seinen Schulterhaaren festhalten!»

«Aber Glatzen sind sexy, findest du nicht?»

«Geht so … Solange ich keine habe.»

«Ach, bei Frauen gibt es das nie.»

«Falsch! Eine Freundin von mir, die spät schwanger wurde, *in extremis* sozusagen, hat nach der Entbindung eine Psychomacke bekommen, und ihr sind dann die Haare büschelweise ausgefallen. Das sah furchtbar aus!»

«Trug sie keine Perücke?»

«Doch. Aber bei jedem Wutanfall hat sie sich die vom Kopf gerissen!»

«Jims Toupet ist mit Druckknöpfen angebracht.»

«Mit Druckknöpfen! Haha! Wie bei einer Jeansjacke?»

«Genau. Ist das nicht toll?»

«Wunderbar! Das muss ich Lucie …»

«Es bleibt unter uns!»

«Natürlich! Jetzt musst du schon wieder eine rauchen, oder?»

«Erraten.»

«Du kannst hier rauchen, mich stört der Qualm überhaupt nicht. Als ich noch rauchte, habe ich mir vorgenommen, keinen zu quälen …»

«Hier hast du eine kleine Zeitschrift. Ich bin sofort wieder bei dir.»

«Ha! Die neue *Jetset*! Die letzten Gerüchte! Mal sehen, ob sie was über Jim haben! …»

Wie interessant! Anti-Aging-Formeln gibt's auch jetzt bei Shampoos. Muss ich haben. Und hier:

Alle Falten haben eine gemeinsame Ursache: den Verlust an Glykanen.

Was ist denn das schon wieder? Als ob man nicht schon viel zu viel verloren hätte!

«André! … Darf ich noch ein Glas Sekt haben?»
«Aber ja … Voilà.»

Hmm … Langsam geht es mir besser. Ich hasse Champagner, aber er liebt mich. Was würde ich nicht für ein Stückchen Schokolade geben! Das Leben besteht nur aus Entbehrungen, aus Hunger, Durst, unbefriedigter Lust … Ich darf nicht, ich darf nicht, ich darf nicht …

«André! … Habt ihr nicht zufällig Schokolade im Haus?»
«Nein, tut mir Leid. Aber ich kann Bruno losschicken …»
«Ach nein, lass gut sein. Reiner Figurverderber.»
«Also, wie du willst …»
«Nein, nein. Quatsch! Vergessen wir das Ganze!»

Ach! Und Scheiß drauf! Sobald ich hier rauskomme, lasse ich mich zu Fauchon fahren und kaufe mir tonnenweise Petits Fours! Das ist mir unbegreiflich, dass sie hier keine Schokolade haben … Egal. Aber Lucie würde total durchdrehen, die Arme! Also … Die neue *Jetset* … Die Druckknöpfe … Was haben wir denn da? Mich! Das bin ja ich! Auf dem Foto!

Fashion-Victim der Woche …

Ha! Herzattacke! Wer war's? Wo ist der Feigling? Keine Unterschrift. Ich bringe ihn um! Wo ist mein Handy? Ich lasse ihn umbringen!

Fashion-Victim der Woche: Bei der Party zur Premiere des Films «My unfair Lady», in dem sie Caroline Brandts Schwiegermutter spielt, erschien Pamela Schneider, 51, in einer sonderbaren Kostümierung.

Was heißt hier «sonderbar»? Und woher wissen die mein Alter? Spionage! Hochverrat! «Ich bin seit drei Jahren neunundzwanzig. Für eine Frau meines Alters ist es noch kein Alter.» Wer hat das noch gesagt? War es nicht Liv Ullmann in «Ein Sommernachtstraum»?

Berühmt für ihr schräges Styling und ihre Liebe zu knalligen Farben hat sie es dieses Mal doch etwas übertrieben. Wieso sie bei dem Alter partout als Girlie auftreten will …

Warum schreiben sie nicht gleich: «Alte Schachtel im Lolita-Look»? Das ist es doch, was sie meinen.

Gewiss, man braucht schon warme Schuhe, um gut durch den Winter zu kommen. Aber … wieso diese Moonboots zum Rock? Und was für ein Rock! Wer hat daran geknabbert? Das ultrakurze Miniröckchen in Kiltform war hart an der Grenze – auch anatomisch gesehen. Dazu ein rosa Chiffon-Top mit Trompetenärmeln: Ein pinkfarbenes T-Shirt wäre noch gegangen. Aber dieses rosa Leibchen!? Sah aus wie ein gekürztes Umstandskleid oder der Volant eines Bettüberwurfs. Vorhang!

Ein geschmackloses Outfit. Und wieso Pamela unbedingt ihre molligsten Körperteile zur Schau stellen muss? Bauchfrei bringt die Fettpolster hervorragend zur Geltung!

Sie bevorzugt lächerliche Accessoires: XXL-Schmuck an Hals und Ohren, kitschiges Handtäschchen mit Tischdeckenfransen. Gern trägt sie Klamotten aus dem Theaterfundus. Aber das Outfit scheint sie aus der Altkleidersammlung gefischt zu haben.

Liebe Pamela Schneider, Fasching ist vorbei!

Diese Spießer wollen nur Frauen sehen, die sich wie ihre Großtanten stylen: «diskret» nennen sie das, «gepflegte Eleganz»! Eine Welt voller Bauerntölpel! Welch ein Niveau! Zwar bin ich entsetzlich alt, dennoch habe ich nicht vor, mich unscheinbar dezent als ehrenhafte Dame im Otto-Neckermann-Quelle-Look herumzutreiben. Glamour, die verstehen nichts von Glamour! Glamour hat immer mit Extravaganz zu tun! (Und ich bin eine Einzelgängerin, jetzt *en vogue*!)

Seit der Trennung von Daniel Hecht lässt sie sich gehen. Trotz dick aufgetragenem Make-up wirkt die Haut des nach durchzechten Nächten aufgedunsenen Gesichts wie Pappmaché, die Augen sind geschwollen, da helfen auch zehn Schichten Wimperntusche nicht weiter. Denn beim Make-up scheint Pamela eins nicht begriffen zu haben: Weniger ist manchmal mehr.

Ekelbrocken! Wie die Holländer: «Normal ist schon verrückt genug.»

Ihr vergeblicher Versuch, sexy zu wirken, kann nur Mitleid erwecken. Immer noch nicht zur richtigen Frau gereift, wirkt Pamela wie ein dickes Baby mit der Figur eines Lastwagens – viereckig, schwer und massig. Sie könnte etwas Fitnesstraining samt Diät vertragen …

Ratsch! Weg mit der Seite! Ich mache einen Knäuel daraus und esse ihn auf! Nein! Ich will keine Vergiftung riskieren. Also ab in den Papierkorb mit dem Scheißartikel! Mit dieser Schweinebande werde ich prozessieren … Ach nein! Das wollen die nur, dann weiß die ganze Welt Bescheid! Sie sind süchtig nach Katastrophen, und wenn ihnen nichts mehr einfällt, dann bin ich ihre Katastrophe. Ich muss alle *Jetset* der Stadt kaufen, alle! Wer könnte mir dabei helfen? Lucie vielleicht? Keinem kann man vertrauen! Ich darf mich im Café nicht mehr zeigen, bis die Sache vergessen ist. Ich sollte eine Organisation für Medienopfer gründen. Aber als Allererstes zünde ich die *Jetset*-Redaktion an, das tue ich! Betroffenheit macht zum Revolutionär! Diese widerlichen Zeilenschinder, diese Schmierenschreiber, diese Klatschhyänen! Wegradieren tue ich sie!

Und wie finanzieren sie ihr mieses Skandalblättchen? Mit Werbung für Anti-Aging! Hier:

Anti-Aging: die straffende Gesichtspflege für einen echten Feuchtigkeitskick … Anti-Aging: stillt die Bedürfnisse reifer Haut … Anti-Aging: Retinol gegen Falten … Anti-Aging: Face-Lifting ohne Operation … Anti-Aging: Correcting Serum for lines and wrinkles … Denkfalten, Lachfalten, Kissenfalten: Anti-Aging-Nachtcreme macht sichtbar jünger … Fitness: die beste Anti-Aging-Strategie … Länger jung: Die neuen High-Tech-Cremes schenken der Haut 20 Extra-Jahre … Anti-Aging: Liquid Wonder mit Liposomen … Anti-Aging-Serum … Bodylifting mit Orangenhaut-Extrakt … Antifaltenkonzentrat … Anti-Aging gegen die Zeichen der Zeit … Rich Lifting Revitalizer für die trockene und feuchtigkeitsarme Haut … Anti-Aging-Ultimate wrinkle Creme für ein jugendliches Aussehen …

Ich rebelliere! Ich bin für Pro-Aging! Anti Anti-Aging! Sollen sich alle Küken die Haare weiß färben lassen! Sich dick fressen und sich Falten anmalen! Sich runzelig leiden! Mit Stock spazieren, aber langsam, bitte schön! Mit zitteriger Stimme ununterbrochen «Ich bin alt, und mir gehört die Welt!» sagen, um es gleich wieder zu vergessen. Das ist Pro-Aging, das alte Ding! Das ist super! Das ist out!

Dabei sind meine Ohren noch ganz in Ordnung. Also brauche ich mir die Läppchen vorerst nicht straffen zu lassen.

Ach! Wieso wurde ich nicht hässlich geboren? Hässlichkeit vergeht nie. Früher … Als ich noch ein junges dummes Ding war … War ich nicht eine umwerfende Schönheit? Eine, die Pupillenerweiterung und Atemstocken verursachte? Anregung der Fantasie, Erinnerung an griechische Göttinnen et cetera?

Ja, der Zauber der Jugend umgab mich.

Es ist banal wie eine Hollywood-Lebensgeschichte: Dreißig Jahre verbringst du damit, deinen Körper zu ruinieren und deinen Geist zu vernebeln, und dann, wenn alles schon zu spät ist, überlegst du es dir anders und läufst die ganzen Jahre zurück, auf der Suche nach den Anfängen deiner Teenagerzeit, als dein brennendes Interesse fürs Dasein wie eine Droge auf dich wirkte, als du noch nicht gelangweilt warst und *abgeturnt*. Damals war alles noch ein Abenteuer: durch die Straßen laufen, der Menschheit vorführen, wie hübsch die hellen blaugraugrünen Augen schimmerten, die Lippen mit der Zungenspitze anfeuchten, damit sie erotisch glänzten, die kleinen Brüste vorstrecken und wissen: «Ich bin schön, ihr wollt mich alle, ihr könnt mich alle, die Welt gehört mir, ich bin frei, frech, frisch, frivol!»

Es langweilte mich, von Männern fabelhaft gefunden zu werden. Blumensträuße wurden mir in die Garderobe geschickt von älteren Herren, die mit mir Champagner trinken wollten, und ich fühlte mich schon als Diva.

Ein paar Jahre später laufe ich herum, ohne die Menschen anzusehen, denn die Menschen öden mich an, sie stören mich. Sie aber verfolgen mich mit ihren neugierigen Blicken, ich sehe wie eine Fremde aus. Wie eine Fremde von einem anderen Planeten. Mein Planet, das bin ich. Mein Planet dreht sich nur um mich, um mich und meine Sehnsüchte, um mich und meine Geschichte, die mir absurd vorkommt. Und dabei höre ich ihr schamloses Hohngelächter.

«So … Ich denke, wir können jetzt ausspülen. Wunderschön! Das Rot ist knallig, es leuchtet ja richtig. Gefällt dir die Musik?»

«Wie? O ja, sicher …»

«Liliane Doray … Ich bin Fan. Sie kommt im Februar. Ich kann's nicht abwarten! Wir haben schon Karten gekauft. Eine richtige Diva! Und so schön!»

Er hat's extra getan. Ich bin konsterniert. Den Artikel hatte er schon gelesen … Nein, das würde er nicht wagen. Oder doch? Ein typischer Frauenhasser? Ist er bösartig?

«Willst du auch hin?»
«Vielleicht, vielleicht auch nicht.»
«Sag mal, fehlt dir was? Geht's dir nicht gut? Du bist blass wie eine Totgeburt! Soll ich dir einen Kaffee bringen?»
«Nein, bloß keinen Kaffee … Sekt.»

Ich muss trinken, um zu vergessen. Zu wissen, dass die Menschen einen hässlich finden, mich in diesem Fall, nein, das halte ich nicht aus. Alle dürfen hässlich sein, alle! Nur ich nicht. Wie ungerecht!

«Hoffentlich wird sie *Tränen auf dem Kissen* singen!»
«Ob sie geliftet ist?»
«Könnte sein … Sie singt schon seit Ewigkeiten. Aber wenn ja, dann fällt's gar nicht auf.»
«Die findest du elegant?»
«Ich finde sie fabelhaft, himmlisch, göttlich! Du nicht?»
«Doch, doch …»
«… einfach eine wunderbare Stimme … königliche Ausstrahlung … großzügig … romantische Songs … mit einer grasgrünen Schärpe … große Ohrringe … ausgerutscht … sagte: *O Pardon* und küsste ihn auf die Backe … seitdem …»

Die erste Sprechrolle und ein Gesichtslifting: Eckdaten eines Schauspielerinnenlebens … Schönheitsschlaf, schlafende Schönheit, Schönheitsproblem, Problemschönheiten … Zweifel packen mich. Ich sehe mich an und finde mich unattraktiv. Auf der Straße ertappe ich mich in der Spiegelung eines Schaufensters und frage mich: «Who's that?» Jetzt betrachte ich mich im

Spiegel. Was ich zu sehen bekomme, ist erschreckend. Plötzlich sehe ich mich als eine andere. Die Zärtlichkeit, die man für einen Hund empfindet, egal, wie hässlich seine Fresse ist, solange er einem gehört, diese Zärtlichkeit kann ich für meine Fresse nicht mehr aufbringen, da sie mir nicht länger gehört. Ich mag sie nicht mehr, ich verzeihe ihr nichts mehr. Die Falten geben dazu ihren eigenen Kommentar ab, der immer ungeheuerlicher wird.

«Sag mal, schnippelst du nicht ein bisschen zu viel ab?»

«Aber nein, kürzer steht dir. Lass uns im Frühling ganz, ganz kurz schneiden, das wird dem Haar neue Kraft verleihen.»

Ach, jetzt sind die Haare dran! An mir wird kein gutes Haar gelassen. Halt dich fest, meine Süße! Gleich legt er los und macht dich endgültig fertig. Aber nicht mit mir. Ab heute wird zurückgeschlagen.

«Der Föhn ist zu heiß.»

«Wie bitte?»

«Der Föhn ist zu heiß!»

«Besser so?»

«Etwas besser. Bitte dreh die Locken nicht nach außen, du weißt, ich kann es nicht leiden.»

«Ich drehe sie nicht nach außen. Fährst du bald in Urlaub?»

«Keine Ahnung. Mir egal. Deprimiert.»

«Was sagst du?»

«Stell das Ding aus! Zeig von hinten! Ja, prima! Haar-sträubend! Das hatte ich mir schon gedacht: Mit der Frisur sehe ich haar-genau wie meine Oma aus, und ich verrate dir nicht, wie lange die schon unter der Erde liegt!»

«Also das ist ja wirklich … Das ist ja wirklich unerhört!»

«Als Miss Germany würde ich nicht durchkommen, aber als

Miss Lungen schon! Apropos: Gib mir ein Zigarette, ich halte es nicht mehr aus, seitdem ich mit dem Rauchen aufgehört habe, ist die ganze Welt gegen mich.»

«Voilà! Aber Feuer bekommst du nicht! Denk an deine Haut!»

«Bitte, nimm es mir nicht übel, es sind die Nerven … Der Nikotinentzug …»

«Nein, nein, es ist okay, alles in Ordnung. Was wäre ein Star ohne Allüren? Hier, nimm! Nächstes Mal fahre ich zu dir, wenn es dir lieber ist.»

«Du bist mir wirklich nicht böse?»

«Wie könnte ich? Ich verstehe dich ja! Wir sind eben nicht mehr die Jüngsten! Aber alles halb so wild, oder?»

«Na, du bist doch viel jünger als ich.»

«Viel jünger nicht!»

«Aber besser erhalten!»

«Meinst du? Danke schön!»

«Nein! Ich sage danke schön …»

«Nein! Ich!»

«Aber ich auch! Danke schön! Ich liebe dich! Platonisch!»

«Ich dich auch! Alles Gute! Viel Spaß mit der neuen Frisur!»

«Werde ich haben … Ups! Fast hätte ich mich auf die Fresse gelegt!»

«BBBB: Bezahl bitte bei Bruno!»

Irgendwie stinkt es hier. Es riecht verbrannt. Meine Zigarette! Die habe ich einfach so in den Papierkorb geworfen. Es kokelt dort, es qualmt.

«Schnell, Bruno, gib mir dieses Haarspray!»

Ein toller Feuerlöscher! Aber was soll das? Der *Jetset*-Artikel steht in Flammen!

Mademoiselle Bovary

> *Dass Balzac täglich 50 Tassen Kaffee getrunken hat und 51 Jahre alt wurde, heißt noch lange nicht, dass er 71 geworden wäre, wenn er täglich 70 Tassen getrunken hätte.*
>
> (Max Goldt)

Geliebter Rodolphe,

niemals dürfen wir uns wiedersehen!

Nach unserem gestrigen Rendezvous im Park konnte ich die ganze Nacht keinen Schlaf finden. Zuerst war ich selig, jedes einzelne deiner süßen Worte rief ich mir ins Gedächtnis, jeden Blick, jede Geste. Doch bald schon besann ich mich auf meine missliche Lage, Zweifel begannen sich immer stärker zu regen, und diese Zweifel sind es, die mich nunmehr in tiefste Trauer stürzen.

Du kannst, du darfst mich nicht heiraten! Noch weißt du gar nicht, wer ich eigentlich bin. Du weißt nur, dass ich Berthe Bovary heiße, ein Waisenkind bin, von einer armen Tante aufgenommen, gezwungen, mein Brot als Spinnerin in Rouen zu verdienen. Gerüchte, meine Familie betreffend, müssen auch dir zu Ohren gekommen sein, doch hast du mich bisher nie danach gefragt. Für diese Diskretion bin ich dir überaus dankbar, deine Eltern aber werden unter keinen Umständen eine solche Allianz gutheißen. Du, charmant, kultiviert und aus bester Familie, du, dem eine strahlende Zukunft bevorsteht, mit mir, einer Bovary? Das ist ganz und gar undenkbar.

Dass ich keine Mitgift habe, kümmere dich nicht, beteuerst du. Dabei habe ich vor ein paar Wochen eine kleine Erbschaft gemacht! Mein Patenonkel Monsieur Homais, der Apotheker von Yonville, händigte mir folgende Schätze aus, die er auf dem Dachboden meines Elternhauses gefunden und für mich aufbewahrt hatte:

ein «Wörterbuch der medizinischen Wissenschaften» in dreißig Bänden, ein Messbuch, beinahe hundert Liebesromane und Gedichtsammlungen und eine Schatulle, die sich als wahre Fundgrube entpuppte.

Sie beinhaltete:

ein paar Spitzenhandschuhe, eine kleine Reitpeitsche, einen langen schwarzen Zopf, eine blonde Locke, eine kurze braune Haarsträhne, ein Theaterlorgnon, eine Brosche, ein Medaillon, zehn gefaltete Billets, zahlreiche Briefe, mit einem roten Samtband zusammengebunden, eine Zigarrenschachtel und eine Daguerreotypie, auf der sich das ovale Gesicht meiner Mutter als weißer Fleck vom schwarzen Hintergrund abhebt.

Du siehst, dank dieser Erbstücke bin ich nicht mehr so arm!

Das allerdings dient unserer Sache wenig. Dass Emma Bovary, meine Mutter, die Familie durch ihre Verschwendungssucht in den Ruin trieb, das könnten mir deine Eltern vielleicht noch nachsehen. Aber dass sie auch noch mehrfachen Ehebruch und am Ende Selbstmord beging, das werden sie niemals tolerieren. Wie du weißt, bleiben Selbstmördern die Tore zum Paradies verschlossen. Und ihren Kindern wahrscheinlich auch …

Das Bild meiner Mutter auf ihrem Totenbett begleitet mich Tag und Nacht: eine versunkene Prinzessin, mit einem Kruzifix in den lilienblassen Händen. Wie Algen strömen ihre langen schwarzen Haare über das Kissen, ihr weißes Kleid wirft Wellen. Noch beständiger aber sehe ich sie im sanften Licht eines Fensters sitzen. So selten hat sie gesündigt! Ihr halbes Leben verbrachte sie hinter Fensterglas und blickte in die Ferne. Als ich ganz klein war, unterbrach sie ihre Lektüre, ließ ihren Stickrahmen fallen, um sich Tagträumen hinzugeben. Später dann saß sie einfach tatenlos da, in vollkommener Abwesenheit, und ich wagte nicht, irgendein Geräusch zu machen, geschweige denn, sie anzusprechen. Wie oft stand ich ganz still an der Tür, hielt den Atem an und betrachtete sie. Zeigte sie Ungeduld? Langeweile? Lief ihr eine Träne über die Wange? So gern wäre ich zu ihr gerannt, hätte sie umarmt und «Mama! Du hast doch mich!» gerufen, um sie zu trösten. Aber dann hätte sie mich weggescheucht. Hätte spöttisch aufgelacht: «Dich? Armes hässliches Kind!» Und wie Recht sie damit gehabt hätte …

Ach Rodolphe, wenn du sagst, ich sei hübsch oder gar «hinreißend», so fällt es mir schwer, dir zu glauben.

«Sie ist ganz der Vater», pflegten die Nachbarn über mich zu sagen, worauf meine Mutter mit den Schultern zuckte. «Ganz der Vater!», wiederholten sie beharrlich. «Na, der kann sicher sein, dass die Kleine nicht die Tochter vom Briefträger ist!» Meine Mutter ertrug solche Vulgaritäten nicht. Voller Verachtung sah sie mich an. Ja, wie mein Vater war ich grobschlächtig und linkisch. Und wie er vergötterte ich sie. Denn im Gegensatz zu uns war sie von überirdischer Schönheit, von wahrhaft königlicher Eleganz.

Nichts habe ich von ihr geerbt. Weder das üppige, nachtschwarze Haar mit dem bläulichen Schimmer noch die dunklen Augen mit ihrer unergründlichen Tiefe, die doch so wild auflodern konnten. Auch nicht die zarte Haut, die mal an Rosenblätter erinnerte, dann wieder vornehme Blässe zeigte. Meine wird leicht rot – wie du schon feststelltest – und verrät jede Gefühlsregung.

Dass sie ein Mädchen vom Lande war, eine Bauerntochter, die ihre frühe Jugend in einer ärmlichen Küche verbracht hatte, still vor sich hin stickend, von Schmeißfliegen und Hühnern umgeben, hätte man nie vermutet. Die einzigen Überbleibsel aus dieser Zeit waren ihre schlichten Kattunkleider, die ich als Nachthemden trug. Da sie mir viel zu lang waren, stolperte ich oft darin, aber um nichts in der Welt hätte ich sie gegen kürzere getauscht.

Ihren Vater, Großvater Rouault, habe ich noch gekannt. Zweimal im Jahr kam er zu Besuch. Weihnachten brachte er uns eine Pute und an meinem Geburtstag Pflaumen von jenem Baum, den er für mich gepflanzt hatte. Großvater Rouault war meistens fröhlich gestimmt, besonders bei Familienessen. Er rollte das «R», rülpste nach jedem Gang, trank gerne Cidre und noch lieber Apfelschnaps. Wenn er gut gespeist hatte, schwang er seinen Stock und tanzte allein eine Bourrée. Wahrscheinlich hatte er auch tüchtig getanzt, als er sich vor langen Jahren das Bein brach. In derselben Nacht ritt Charles Bovary zu dem Verletzten und lernte im Bauernhof seine Tochter Emma kennen.

Charles Bovary war Arzt in Tostes, einem normannischen Bauerndörfchen, und damals schon Witwer – oder kurz davor, es zu werden. Über seine erste Frau hat er niemals gesprochen, und ich glaube nicht, dass ihr Tod ihn in Verzweiflung stürzte. Hin und wieder prahlte Großmutter Bovary damit, das Grab der ersten Schwiegertochter geschmückt zu haben, worauf mein Vater wortlos nickte. Es würde mich nicht wundern, wenn sie die erste Frau meines Vaters ausgesucht hätte. Als gehorsamer Sohn tat er doch meistens alles, was sie wollte.

Sobald das Bein von Großvater Rouault ausgeheilt war, heirateten meine Eltern in Tostes. Ich glaube, diese unverhoffte Begegnung mit einem Arzt stellte für meine Mutter eine erste Befreiung dar. Einen Bauern hätte sie ungern zum Mann genommen. Nach der Hochzeit aber langweilte sie sich so sehr, dass mein Vater, ihr zu Gefallen, in eine größere Ortschaft umzog: Yonville, wo ich zur Welt kam.

Doch in ihrer Zeit als junge Ehefrau in Tostes fand ein Ereignis statt, das bei meiner Mutter einen tiefen Eindruck hinterlassen hat. Sie und mein Vater wurden zu einer rauschenden Ballnacht eingeladen, bei einem Marquis, dessen Namen mir leider entfallen ist. Aber das Ballkleid sehe ich noch vor mir. Wie oft ich mich im Kleiderschrank versteckte, um es zu berühren! Wie oft ich es mir heimlich vorhielt, um mich dann im Spiegel zu betrachten! Das Kleid einer Prinzessin! Aber sie wollte es nie wieder anziehen … Doch! Einmal tat sie es. Es war der schönste Tag meiner Kindheit, auch wenn er mit einer Beule endete.

Gerade waren drei neue Kleider geliefert worden. Vergnügt rief meine Mutter nach unserer Magd Félicité und nach mir, sie wolle uns etwas zeigen. Wir baten sie, die Kleider anzuprobieren. Meine Mutter zog sich gleich um, dabei tanzte sie ein paar Menuettschritte. Vor Begeisterung applaudierte ich laut und kreischte, ohne dass sie mich ermahnte. Beim Umziehen durfte ich ihr behilflich sein. Zum ersten Mal behandelte sie mich wie eine Vertraute. Noch nie hatte ich ein solches Glück erlebt.

Nachdem sie uns die neuen Kleider vorgeführt hatte, öffnete meine Mutter ihren Schrank und holte das Ballkleid hervor. Ein eigentümlicher Glanz lag in ihren schwarzen Augen, als lebte all ihre Sehnsucht nach Luxus, Leidenschaft und Liebe wieder auf. Einen Augenblick lang dachte ich, sie würde in Tränen ausbrechen und die unzähligen Satinrosen benetzen, die das Kleid aus leuchtend safrangelber Seide schmückten.

«Oh! Mama! Bitte, bitte!», wiederholte ich fieberhaft.

Doch schien ihr das Kleid etwas zu eng geworden zu sein. Félicité und ich zogen an den Schnüren ihres Korsetts. «Enger! Enger!», befahl sie, und dann plötzlich: «Halt! Halt!» Sie lachte. «Ich ersticke!»

Und dann tanzte sie Walzer mit mir! Sie trug mich in ihren Armen und wirbelte mich herum wie einen Kreisel. Mir wurde schwindelig, ein herrliches Gefühl. Viel zu schnell ließ sie mich wieder los. «Geh! Geh in dein Zimmer!», befahl sie. Mir drehte sich der Kopf. Vor lauter Verwirrung stieß ich gegen den Türrahmen. Meine Beule behandelte Félicité mit Arnikablättern.

Félicité war meine dritte und beste Mutter. Die zweite war Mutter Rollet gewesen, die Amme. Unmittelbar nach der Entbindung hatte meine erste Mutter mich weggegeben, wie es in jener Zeit üblich war. So schmerzlich der Gedanke ist, dass ihr diese Sitte wohl gelegen kam und sie sich mit ihrer neuen Rolle keineswegs abfinden konnte: Für schreiende Säuglinge war in ihren Träumen kein Platz. So nahm mich Mutter Rollet in Pflege, eine einfache Bäuerin, die am Rande der Kleinstadt wohnte und stets ein Häubchen aus Baumwolle trug, eine lange blaue Schürze und schwere Holzschuhe. Obgleich sie Tag und Nacht vom Greinen hungriger Säuglinge und Pflegekinder umgeben war, wahrte Mutter Rollet stets die Geduld. Ihre einzige Schwäche war Kaffee, davon konnte sie nicht genug bekommen.

Nach der Entwöhnung wurde ich abgeholt und in Félicités Arme gesteckt. Meine Mutter ließ mich nur rufen, wenn Gäste zugegen waren. Dann betonte sie, wie sehr sie «Kinder vergöttern» würde, und überschüttete mich mit Küssen.

Félicité war immer fröhlich. Und so jung, dass sie mir wie eine ältere Schwester vorkam. Sie konnte weder lesen noch schreiben, dennoch war sie sehr klug. Meine Mutter fragte sie deshalb oft um Rat. Zu Félicité war sie gar nicht streng, nur hin und wieder herrschte sie sie aus heiterem Himmel an.

Wenn sie etwas Zeit hatte, spielte Félicité mit mir. Dann kletterten wir auf Heuhaufen und glitten jauchzend herunter.

Dabei rutschten unsere Röcke hoch, sodass einmal ein junger Bauer, der das Spektakel erfreut zu verfolgen schien, Félicité seltsame Zeichen machte. Hübsch, wie sie war, hatte sie zahlreiche Verehrer. Justin, der Gehilfe des Apothekers, bewunderte meine Mutter, in Félicité aber war er bestimmt verliebt. Oft besuchte er sie in der Küche und blieb so lange dort, bis sie ihn wieder hinausjagte. Wenn Félicité die Wäsche meiner Mutter bügelte, betrachtete Justin sie besonders gern.

Manchmal wurde ich von Albträumen aus dem Schlaf gerissen und traute mich nicht, wieder einzuschlafen. Dann erlaubte mir Félicité, bei ihr zu übernachten. Wir lagen so nah beieinander, dass mir der Duft von Kernseife und Lavendelwasser in die Nase kroch. Sobald ich Kummer hatte, und war er noch so klein, hing ich an ihrer weißen Schürze. Zum Trost zog sie mich auf ihre Knie und sang mir «Maman, les petits bateaux» vor. Kennst du noch dieses Kinderlied? «Mama, die kleinen Schiffe, die auf dem Wasser gehen, haben sie Beine? Aber ja, meine dicke Bertha …»

Mein viel beschäftigter Vater hatte kaum Zeit für mich. Im Morgengrauen verließ er das Haus, um Krankenbesuche zu erstatten, erst spät am Abend kam er zurück, die Schuhe voller Schlamm. Zuweilen war er so müde, dass er beim Essen einschlief. Meistens aber sprach er über seine Arbeit. Meine Mutter hörte ihm nicht zu und klapperte mit ihrem Besteck. In der Nacht klopfte es oft an der Tür; noch im Halbschlaf geleitete mein Vater den Kranken in die Küche, wo er umgehend einen Aderlass vornahm.

Doch gleichgültig, wie müde mein Vater war, jedes Mal, wenn er nach Hause kam, fragte er mich, ob ich artig gewesen sei. Ich war in der Tat ein artiges Mädchen. Hin und wieder weinte ich, scheinbar grundlos, aber nie sehr lange. Da ich pflegeleicht war, hielt man mich für einfach gestrickt. Meine Mutter beklagte die mangelnde Sprachfertigkeit, dieses «Haar auf der Zunge», wie sie es nannte, das mich das «S» falsch aussprechen ließ und jeder meiner Bemerkungen einen dummen Zug verlieh. (Dieses Lispeln, das du so «reizend» findest, war damals viel ausgeprägter.)

«Sie ist kein Licht!», sagte meine Mutter, wenn sie mein Schulzeugnis begutachtete. Gute Noten hatte ich nur in französischer Literatur.

Kaum hatte ich lesen gelernt, durfte ich mir Bücher bei meinem Patenonkel Monsieur Homais leihen, dem Apotheker von Yonville. Dieses Faible für Bücher muss ich von meiner Mutter geerbt haben. Doch sie las ausschließlich Liebesromane, die in der Bibliothek der Homais kaum vertreten waren. Wenn sie nicht las, dann stickte sie. Woran dachte sie dabei? «Et je cousais, je cousais, je cousais/Mon cœur, qu'est-ce que tu disais?» Du wirst dieses Gedicht in der Schule nicht gelernt haben: «Und ich stickte, ich stickte, ich stickte/Derweil mein Herz an Sehnsucht erstickte.» Ja, meistens träumte sie. Oder sie lehnte sich gegen die Fensterbank, als erwarte sie jemanden. Trotz ihrer Liebe zu Büchern las sie mir niemals Märchen vor, auch nicht zum Einschlafen. Félicité, die Analphabetin, erfand hin und wieder eine Tierfabel für mich, manchmal spann sie auch einfach Perraults Märchen weiter.

Selten spielte meine Mutter Klavier. Eines Tages wollte sie mir die Tonleiter beibringen, verlor aber sofort wieder die Geduld. War sie heiter gestimmt, spielte sie mit mir wie mit einer Puppe. Aus dem hässlichen Entlein versuchte sie, eine Prinzessin zu zaubern, kämmte mich, frisierte mich und band mir Samtschleifchen ins Haar, die sie sofort wieder ausriss: «Ach! Pferdehaare hast du!» Oder sie betrachtete mich nachdenklich. «Das ist ja wirklich seltsam, wie hässlich dieses Kind ist!»

Einmal verglich sie mich mit Monsieur Homais' Tochter Athalie, die meine Mutter viel anmutiger fand. Ich hatte den Eindruck, dass sie mich gern umgetauscht hätte. Nichtsdestotrotz blieb Athalie meine Freundin. Da ich sehr einsam war, spielte ich gern mit den Homais-Kindern. Athalie, ein eher verschlossenes Mädchen mit glatten Haaren, hatte zu allem eine Meinung und war künstlerisch begabt. Ihr älterer Bruder Napoléon, ein großer, schlaksiger Junge, ernährte sich am liebsten von Insekten und erteilte uns Befehle.

Die Familie Homais kam häufig zum Abendessen. Sobald sie nach Yonville gezogen waren, hatten meine Eltern Freundschaft mit ihren Nachbarn geschlossen. Monsieur Homais sollten sie sogar zu meinem Patenonkel bestimmen. Kein Wunder, ist der Apotheker doch Komplize des Arztes. Monsieur Homais, den man nie bei der Messe sah, war ein sehr kluger Mann, der pausenlos sprach, stets mit erhobenem Zeigefinger. Ich muss zugeben, dass ich von all seinem Gerede nie ein Wort verstand. Wahrscheinlich lag es an den vielen lateinischen Ausdrücken. Das Einzige, was ich kannte, war die Messe: «Credo in unum deum ...», doch was die Lieder bedeuten sollten, wusste ich genauso wenig.

Sobald das Mahl beendet war, baten wir Kinder um die Erlaubnis, im Garten spielen zu dürfen. Napoléon wollte uns dazu bringen, Heuschrecken zu essen. Um zu beweisen, wie ungefährlich das war, verspeiste dieser Widerling vor unseren Augen gleich ein paar lebende Insekten.

Manchmal durfte ich die Homais allein besuchen. Dort gefiel es mir sehr, es war eine richtige Familie. Eilig lief ich zur Apotheke und sah bereits durch die bunten Einmachgläser im Schaufenster Monsieur Homais' Nachtmütze, von der er sich nie trennte, sobald der Herbst kam, denn er fürchtete sich vor Influenza. Kurz hielt ich mich in der Apotheke auf, um die Goldwaagen mit den klitzekleinen Gewichten zu bewundern, die etikettierten Tuben und Porzellanflakons für mysteriöse Pulver … Fasziniert betrachtete ich die Glasbehälter mit Fetussen, die in einer trüben Flüssigkeit schwammen, von langen Nabelschnüren umwickelt. Dann betrat ich die Küche, in der es angenehm heiß war. Madame Homais war immerzu beschäftigt: Entweder bereitete sie Konfitüre zu, in solchen Mengen, dass sie für ein Regiment ausgereicht hätten, oder sie nahm Geflügel aus, hackte Spinat, buk Pfannkuchen, stopfte Socken …

Bei den Homais war es immer sehr laut und lebendig. Die Kinder durften bei Tisch reden. Monsieur Homais hörte ihnen ohnehin nicht zu, denn meistens erklärte er seiner Frau oder einem beliebigen Gast seine Ansichten über Politik und das Leben in Paris – von dem er doch eigentlich gar keine Ahnung haben konnte. Von meinem Vater abgesehen, träumten alle von Paris. Hätte man meiner Mutter erlaubt, in die Hauptstadt zu ziehen, wäre sie wohl niemals so unglücklich geworden. Ich, die ich noch nie einen Fuß in diese Stadt gesetzt habe, bin ihr auch verfallen. Wie schön es gewesen wäre, Paris mit dir gemeinsam zu erobern!

Bei Homais' wohnte ein junger blonder Mann zur Untermiete, der Notargehilfe Léon Dupuis. Auch er kam jeden Sonntag zu Besuch. Zunächst spielte man Karten. Der schüchterne Monsieur Léon spielte nicht mit, sondern stellte sich hinter meine Mutter, um sie im Flüsterton zu beraten. Während Monsieur Homais sich später mit meinem Vater unterhielt, las Monsieur Léon meiner Mutter Gedichte vor. In ihrem Sessel am Kamin versunken, lauschte sie aufmerksam.

«O Augenblick, verweile doch!», deklamierte Monsieur Léon, dabei verschlang er meine Mutter förmlich mit seinen großen blauen Augen.

Danach sprachen sie über romantische Seen und über

Poesie. Er liebte deutsche Musik, da sie «zum Träumen verführt».

Der sanfte Notargehilfe war nicht nur meiner Mutter ein guter Freund, sondern auch mir. Als er Yonville für Paris verlassen sollte, bestand er darauf, von mir Abschied zu nehmen. Also brachte Félicité mich zu ihm. Er hob mich hoch und küsste mich.

«Sei artig, meine Kleine!», empfahl er mir. Immerzu musste ich versprechen, artig zu sein. Dabei war ich zu keiner Sünde fähig. Höchstens, dass ich Rosinen aus dem Teig stahl, wenn Félicité Brioche buk.

Noch bevor ich Monsieur Léon ein Wort sagen konnte, bat meine Mutter Félicité, mich wieder wegzubringen. «Adieu, armes Kind! Adieu, mein Liebling!», rief er mir nach.

Nach Monsieur Léons Abfahrt saß meine Mutter nur noch traurig am Fenster. Was betrachtete sie? Die Dorfbewohner? Die Wolken? Ihre schwarzen Augen wirkten wie ausgelöscht. Das Leben kam ihr trostlos vor. Sogar meinem Vater war das nicht entgangen. Besorgt sah er sie an und fragte, was ihr Freude bereiten könne. Doch das Einzige, was sie aus ihrer Lethargie zu wecken vermochte, waren die Besuche von Monsieur Lheureux.

Mir hingegen flößte der Modewarenhändler Angst ein. Hinter seiner Nickelbrille versteckte er kleine grüne Vipernaugen. Meine Mutter, die schöne Stoffe liebte, ließ sich stets alle Muster der «neuen Kreationen» aus seinem Koffer zeigen. Dank Lheureux wurde ihre Garderobe immer eleganter. Hin und wieder hatte sie auch eine Überraschung für mich. Ein wunderbares Holzpferd schenkte sie mir. Und eine Perlmuttschatulle, in der ich Steinchen aufbewahrte, die ich auf dem Schulweg sammelte.

An meiner Mutter gefiel mir ganz besonders ihr prachtvolles

schwarzes Haar. Wenn sie frisiert war, lag es glatt an, zu einem Knoten gebändigt. Aber wenn sie den Knoten löste, ergab sich für mich das schönste Schauspiel. Selten erlaubte sie mir, die dunklen Wellen zu bürsten, die ihr bis zu den Kniekehlen reichten. Schon nach wenigen Minuten wurde sie nervös, weil ich so unerträglich vorsichtig war. Doch für mich verhält es sich mit geliebten Menschen wie mit Porzellan, eine falsche Bewegung, und es bleibt nur noch ein Haufen Scherben.

Du, der du in der Stadt groß geworden bist, kannst dir bestimmt nicht vorstellen, dass unser Dorffest, auf dem Tiere vorgeführt werden, das Ereignis des Jahres darstellt. Für dieses Fest hatten sich alle herausgeputzt. Die Männer trugen Zylinder und Gehröcke, die Frauen gestärkte Spitzenhäubchen und Sonntagsstaat. Die Schönste von allen war natürlich meine Mutter. Als Einzige war sie mit Sonnenschirm, Handschuhen und fein besticktem Kleid erschienen. Ein Fiedler spielte auf, da drehte sie lieblich ihren Kopf im Rhythmus der Musik hin und her. Mit den Homais spazierten wir durch die Markthallen, in denen die kräftigsten Tiere prämiert wurden. Als wir hörten, dass bald der Präfekt seine Rede halten sollte, liefen wir zu den Tribünen, die mit Trikoloren geschmückt waren. Ein stolzer Mann mit offenem Gehrock und wehender Krawatte gesellte sich zu uns und verbeugte sich vor meiner Mutter. Plötzlich wurden alle Gespräche von lauter Militärmusik übertönt, und sie verschwand mit dem Mann. Napoléon, Athalie und ich nutzten den Lärm aus, um ohne Erlaubnis auf den Platz zu rennen. Während mein Vater und Monsieur Homais eifrig die Rede des Präfekten kommentierten, sah ich meine Mutter am Arm des Junggesellen stolzieren. Es handelte sich um Monsieur Rodolphe Boulanger, den man im Dorf eigentlich nie sah, weil er sich meistens in seinem Schloss auf dem Hügel aufhielt oder im Wald jagte.

(Rodolphe! Durch eine Laune des Schicksals trägst du den Namen des Mannes, der meiner Mutter das Herz gebrochen hat.)

«Madame Bovary kompromittiert sich!» Ich hörte, wie alte Damen über meine Mutter tuschelten, die hinter ihrem vorgehaltenen Handschuh lachte und sich um die Meinung der Leute nicht zu scheren schien. Monsieur Boulanger machte es sichtlich Spaß, die braven Bürger zu provozieren. Mit impertinentem Blick lüpfte er seinen Hut und grüßte die Vogelscheuchen, die somit gezwungen waren, seinen Gruß zu erwidern. Rasch überquerte ich den Dorfplatz, um mit den anderen Kindern zuzusehen, wie der lange Holztisch für das Bankett gedeckt wurde. Als wir zurückliefen, war das Paar verschwunden. Bald sah ich Monsieur Boulanger an einem Fenster im ersten Stock des Rathauses. Er hatte seinen Gehrock abgelegt, darunter trug er ein weißes Hemd mit Puffärmeln. In einem Anfall ungezügelter Leidenschaft riss er meine Mutter an sich, die ebenfalls im Fensterrahmen aufgetaucht war.

Nach dem Dorffest ging meine Mutter täglich spazieren. Manchmal nahm sie mich sogar mit. Aber dann musste ich artig auf einer Bank sitzen bleiben, während sie zu ihrem Rendezvous eilte. Mein Vater bemerkte nichts. Blinder als er konnte nur ein Toter sein.

In dieser Zeit strahlte meine Mutter vor Glück. Mir gegenüber verhielt sie sich ungewöhnlich warmherzig. Zuweilen lief sie auf mich zu, gab mir einen Kuss und rief: «Mein armes Kind! Wie sehr ich dich liebe!» Eines Tages fiel ihr auf, dass meine Ohren schmutzig waren. Sie bat Félicité, ihr eine Schüssel mit heißem Wasser und Seife zu bringen, wusch mir die Ohren und erkundigte sich bei der Magd nach meiner Gesundheit und meinen Fortschritten in der Schule. Nachdem sie sich so lange mit mir befasst hatte, übergab sie mich Félicité.

Diese wunderte sich sehr und sagte zu mir, sie hoffe, Madame sei nicht krank.

Von einem Tag auf den anderen wurde nicht mehr spaziert. Von meinem Beobachtungsposten aus konnte ich Monsieur Boulangers Schatten im Garten nicht mehr erkennen. Erneut wurde meine Mutter von einer düsteren Stimmung befallen. Sie ertrank darin. Gleichgültig, was sie tat, sie konnte keine Befriedigung finden. Diese Langeweile ertrug sie nicht mehr, vor ihrer Umwelt ekelte sie sich regelrecht. Ich dummes Kind wusste es und blieb auf der Hut, das heißt, weit weg von ihr.

Eines Tages kam Monsieur Boulanger wieder zu uns. Er schlug meiner Mutter vor, auszureiten. Die frische Luft würde ihrer Gesundheit gut tun. Nur hatten wir kein Reitpferd. Mein Vater kaufte ihr eine Stute. Und sie bekam einen Damensattel aus Wildleder. Und selbstverständlich ein Reitkostüm.

Mit Félicité am Fenster stehend, sah ich meine stolze Mutter auf ihrer Stute sitzen – neben ihr den nicht weniger stolzen Reiter Boulanger. Félicité klopfte gegen die Fensterscheibe. Meine Mutter drehte sich um und grüßte uns mit ihrer kleinen Reitpeitsche.

«Guter Ausritt!», riefen wir noch. Doch sie konnte uns nicht hören.

Am selben Tag erklomm ich den Hügel, der zu Monsieur Boulangers Schloss führte. Nebel zog auf, nur die Turmspitze sah man aus dieser von Watte umhüllten Landschaft ragen. Auf halbem Weg machte ich kehrt und rannte zu Félicité, die mir erlaubte, ihr beim Kochen zu helfen. Félicité kannte alle Geheimnisse der Küche, sie hat sie mir beigebracht, und jetzt koche ich jeden Tag für meine kranke Tante. Ohne falsche Bescheidenheit würde ich behaupten, dass Essen inzwischen ihr größtes Vergnügen ist. Es erfordert gar keine ausgefallenen

Ingredienzien oder Gewürze. Alles nur eine Frage der Chemie (das habe ich vom Apotheker Homais gelernt) und des Feingefühls (das habe ich von Félicité). Manchmal wünsche ich mir, meine Mutter hätte selbst auch gekocht. Damit wäre ihr – und mir – viel Leid erspart geblieben.

Lieber Rodolphe! Jetzt verspürst du bestimmt Mitleid mit mir. Du denkst, ich hätte eine unglückliche Kindheit gehabt. Aber nein, so war es doch nicht! Zwar wünschte ich mir Geschwister und beneidete hinter dem Gartengitter die Kinder, die auf der Straße miteinander spielen durften. Aber ich liebte das Leben auf dem Land. Du, der du in Rouen groß geworden bist, ahnst nicht, wie schön die Wälder sind in unserer Normandie, wie sanft das Licht, das durch das Laub fällt, was für Schätze man auf den Waldwegen finden kann. Auch unser halb verwilderter Garten hätte dir gefallen, mit seinen Rosen-, Birnen- und Apfelbäumen. Ach! Sich im Gras wälzen, die Erde riechen, den weiten Himmel und die hübschen Schmetterlinge betrachten, hochspringen, einen Strauß Primeln für meine Mutter pflücken (den ich nur in Félicités Küche hinstellen durfte, in einem Wasserglas)! Und die Tiere! Alle liebte ich, die Gänse, Kühe, Ackergäule … Aber insgeheim träumte ich von einem Pony. Und, stell dir vor, ich träume immer noch davon! Also kannst du dir vorstellen, wie glücklich ich war, als mein Vater diese Reitstute für meine Mutter erwarb. Ich nannte sie Louise.

Am liebsten aber hielt ich mich im Zimmer meiner Mutter auf. Ein duftender Raum voll wunderschöner Kleider, die ich gern anfasste, wenn sie weg war. Die geheimnisvollen Unterröcke, die Spitzenhosen … Ich bewunderte ihre Hütesammlung. Im Lauf der Jahre wurde sie immer raffinierter. Baumwollhäubchen trug sie gar nicht mehr, sondern hohe Seidenhüte mit großen Schleifen und Bändern. Unzählige Schuhe hatte sie, aber keinen einzigen Holzschuh, sondern Stiefeletten in allen

Farben, Pantöffelchen aus rosa Satin, mit Schwanenfedern gesäumt … Ihr Toilettentisch war eine Schatzinsel, der goldene Handspiegel, die Haarbürste mit Rosenverzierung, die ausländische «Cold-cream», die Patschuli-Fläschchen mit Zerstäuber, der Schmuckkasten voller Ringe, Armbänder und Halsbänder, die wie Schlangen herauskrochen …

Doch dann wurde meine Mutter krank. Beim Essen bekam sie keinen Bissen herunter. «Ich ersticke!», rief sie, stand auf und fiel in Ohnmacht. Dabei hielt sie sich krampfhaft an der Tischdecke fest, alle Teller und Töpfe polterten auf den Boden, Bratensauce lief über den Teppich, die Aprikosen wurden zerquetscht. Ich schrie und weinte vor Angst. Meine Mutter wand sich in nervösen Zuckungen, Félicité versuchte, sie auszuziehen, um ihr Korsett zu lockern. Monsieur Homais, der den Krach gehört hatte, eilte herbei und gab ihr Essig zu riechen. Endlich kam sie wieder zu sich. Mein Vater trug mich zu ihr. «Ich bin's, Charles, erkennst du mich? Und hier ist deine kleine Tochter … Willst du sie nicht umarmen?» Sie warf den Kopf hin und her und rief: «Nein! Niemand … niemand!» Monsieur Homais und mein Vater brachten sie ins Bett, das sie über Wochen nicht mehr verlassen sollte. In der Nacht bekam sie Fieber. Am nächsten Morgen ging mein Vater nicht zur Arbeit. Die Kranken mussten zu uns kommen, und er kümmerte sich ausschließlich um aussichtslose Fälle. Für Erkältungen und Magenverstimmungen hatte er keine Zeit. Er musste sich um seine Frau kümmern, wachte Tag und Nacht an ihrem Bett. Also bekam ich beide nicht mehr zu Gesicht.

Was diese Krankheit auslöste, habe ich erst vor einigen Wochen erfahren. Ich habe dir von dieser Schatulle erzählt, die Monsieur Homais mir gegeben hat. Lange traute ich mich nicht, die Briefe zu lesen, die darin enthalten waren. Aber dann konnte ich der Versuchung doch nicht widerstehen. Einen Brief am Tag genehmigte ich mir zur Lektüre. So erfuhr ich nach und nach die gesamte Geschichte. Meine Mutter liebte Monsieur Boulanger bis zur Raserei, sie träumte von einem Leben an seiner Seite. Eine gemeinsame Flucht war bereits geplant. Doch aus Boulangers feigem Abschiedsbrief wird deutlich, dass er die Verantwortung für ein Kind ablehnte. Daraus schließe ich, dass sie mich unbedingt mitnehmen wollte. Ist das nicht ein klarer Beweis ihrer Mutterliebe?

In Wahrheit mochte sie mich während ihrer schweren Krankheit nicht ein Mal sehen. Sie gab sich ganz ihrem Kummer hin, mich hatte sie vollkommen vergessen. Mein Vater pflegte sie aufopfernd. Wann immer ich zu ihr wollte, hielt er mich zurück: «Nein, deine Mama schläft.» Lheureux brachte einen langen Mantel und einen Reisekoffer. Er behauptete, sie seien von Madame bestellt worden, und ließ sich das Geld von meinem Vater geben. Die Schulden, die meine Mutter bei dem Modewarenhändler gemacht hatte, um sich für die Flucht auszustatten, beglich er stillschweigend.

Natürlich kümmerte sich keiner mehr um Louise. Ihre Hufe waren inzwischen so lang, dass sie sich vorne nach oben krümmten und mehr und mehr meinen Holzpantinen ähnelten. Auf einer abgegrasten Wiese langweilte sie sich den ganzen Tag. Ich besuchte sie, streichelte sie zwischen den Ohren und flüsterte ihr Trostworte zu.

Einen Monat später konnte sich meine Mutter wenigstens aufsetzen, aber sie blieb in ihrem Zimmer. Noch immer fragte sie nicht nach mir. Das Gefühl, von ihrem Leben ausgeschlossen zu sein, stimmte mich traurig. Indessen traf Félicité alle Entscheidungen im Haushalt und kochte, um mich aufzumuntern, die ausgefallensten Gerichte. Eines Tages kam mein Vater in Tränen aufgelöst zu mir. Er verkündete, meine Mutter habe ein Stückchen Brot mit Konfitüre gegessen. Also war noch nicht jede Hoffnung verloren. Tatsächlich ging sie kurz darauf im Garten spazieren. Durch das Fenster beobachtete ich, wie sie sich an meinen Vater lehnte und in ihren Pantoffeln kleine Schritte machte.

Ihre Konvaleszenz dauerte lange Wochen. Die meiste Zeit lag sie im Bett und läutete nach Félicité, um Kräutertee zu bestellen, oder sie saß unter einer Decke in ihrem Sessel am Fenster. Aber niemals ließ sie mich holen. Nach der Schule trödelte ich auf dem Rückweg, trat in Pfützen und schlug mit meinem Lineal gegen die Fensterläden aus Holz. Meine Mutter bat meinen Vater, die Stute zu verkaufen. Als Louise weggebracht wurde, vergoss ich heiße Tränen. Weil meine Mutter davon erfahren hatte, ließ sie mich zu Mutter Rollet bringen. Dort ging es mir so schlecht wie noch nie. Ich vermisste Félicité, die manchmal vorbeikam, um mir Nüsse zu bringen.

Ich dachte schon, man habe mich völlig vergessen, da wurde ich wieder abgeholt. Meine Mutter war abgemagert, blasser denn je, sodass ihre Augen noch dunkler erschienen. Im Kontrast zum strengen schwarzen Kleid wirkten ihre weißen Hände wie Fremdkörper. Sie nannte mich ihr Kind, und es war so, als ob sie mich am Vortag zuletzt zu Gesicht bekommen hätte.

Ich staunte über die neue mystische Atmosphäre im Haus. Über die tägliche Anwesenheit des Pfarrers, der am späten Nachmittag zu uns kam, um sich nach ihrem Zustand zu erkundigen. Lange saßen sie beieinander, und ich habe keine Ahnung, worüber sie sprachen, wahrscheinlich über Gott und die Welt. Einmal beobachtete ich durch den Türschlitz, wie er ihre Bettlaken mit Weihwasser besprengte. Von ihren Rosenkränzen trennte sie sich nicht mehr, und sie tat nichts als beten. In ihrer Kindheit hatte sie viele Jahre im Kloster verbracht. Wahrscheinlich wollte sie durch religiösen Eifer jene Zeit der Unschuld neu beleben.

In die Kirche nahm sie mich immer mit. «Bleibe brav hier und bete!», sagte sie zu mir, dann verschwand sie mit dem Pfarrer im Beichtstuhl und blieb so lange dort, bis mir die Knie auf dem Betschemel wehtaten.

Niemanden sah ich häufiger als diesen Pfarrer. Nach dem Katechismus spielte ich noch «Himmel und Hölle» im Friedhof, bevor ich nach Hause ging. Wenn ich dort ankam, saß er schon lange da.

Einmal kam meine Mutter während des Katechismus. Dem Pfarrer erklärte sie, sie bräuchte ihn dringend. Er mahnte uns zur Ruhe und begleitete sie hinaus. Durch das Fenster sah ich, wie die beiden sich im Friedhof unterhielten, bevor sie mit gesenktem Kopf und hängenden Schultern wieder verschwand. Ich fürchtete, sie hätte sich über mich beklagt, aber in der Sakristei behandelte mich der Pfarrer mit der gewohnten Gleichgültigkeit, was mich wieder beruhigte. Voller Seelenfrieden faltete er die Hände auf seinem dicken Bauch. Denn er kannte nur eine Sünde, die des Fleisches: Er hatte eine Schwäche für Blutwurst.

Großmutter Bovary kam zu Besuch. Sie gab mir einen spitzen Kuss und fragte, ob ich immer schön artig sei. Mehr hatten wir einander nicht mitzuteilen. Sie war eine sehr fromme, sparsame Frau, deren Haube aus weißer Cretonne ihr Haar komplett bedeckte. Sie und ihre Schwiegertochter hatten sich früher oft gestritten. Doch nun verstanden sie sich vortrefflich. Meine Mutter bat sie sogar, länger zu bleiben. In vollkommener Harmonie nähten sie Kleider für die Armen, gemeinsam mit Madame Homais und anderen respektablen Damen, die alle entsetzliche Hüte trugen. Wenn der Pfarrer sich nach dem Katechismus zu ihnen gesellte, tranken sie süßen Cidre. Dazu aßen sie die von meiner Mutter zubereitete

Pistaziencreme. Zum ersten Mal kochte sie, und zwar ausschließlich und in großen Mengen ihre sagenhafte Pistaziencreme.

Nach einigen Wochen stellte ich fest, dass sie mich immer seltener fragte: «Hast du dein Ave-Maria auch bestimmt nicht vergessen, mein Engel?» Überhaupt nannte sie mich fast nie mehr einen Engel. Die Schwiegermutter wurde wieder weggeschickt. Die Geduld meiner Mutter war erschöpft, die Zeit der Reue vorbei.

Nachdem ihm eine Operation misslungen war, zu der sie meinen Vater ermutigt hatte, wuchs ihre Verachtung für ihn ins Unermessliche. Diese schwierige Operation hatte er an Hippolyte vornehmen müssen, einem armen Jungen, der im Wirtshaus «Le Lion d'Or» arbeitete und seinen Klumpfuß loswerden sollte. Am großen Tag sah ich durch das Fenster eine Meute neugieriger Dorfbewohner vor dem Wirtshaus stehen.

Es wurde ein Erfolg! Meine Mutter war sehr stolz auf meinen Vater. Aber dann eiterte das Bein, es musste amputiert werden. Im Dorf sprach man über nichts anderes mehr, es gab sogar Schüler, die deswegen nicht mehr mit mir spielen wollten. Von da an empfand meine Mutter das Leben an der Seite ihres Mannes nur noch als erbärmlich. Ein gebrochenes Bein hatte ihre Liebe geweckt, ein amputiertes Bein sollte diese Liebe endgültig zerstören.

Was meine Beine betrifft, so brachte ihr ständiges Zappeln sie in Rage. «Setz dich hin! Du machst mich nervös! Hör auf, mit den Beinen zu wackeln!» Wäre ich nur eine schöne starre Puppe gewesen: «Schweige! Bitte, halt still und schweige!»

Um sie auf andere Gedanken zu bringen, führte mein Vater sie in die Oper nach Rouen. Das gab ihr Gelegenheit, ihr schönstes

Kleid anzuziehen. Beim Abendessen am Tag danach erzählten meine Eltern, dass sie zufällig Monsieur Léon getroffen hätten, der von Paris nach Rouen gezogen war. Später setzte sich meine Mutter ans Klavier. Aufmerksam hörte ich zu. In letzter Zeit spielte sie nur noch selten. Nachdem sie ein paarmal den gleichen Part geklimpert hatte, schlug sie heftig auf die Tastatur, schloss das Klavier und seufzte: «Ich liebe Musik! Aber ich spiele schlecht. Meine Finger sind eingerostet!»

Am Tag ihrer ersten Klavierlektion in Rouen hüllte sich meine Mutter in ein neues Cape und eilte in aller Frühe zum «Lion d'Or», denn sie fürchtete, die Postkutsche zu verpassen. Die «Schwalbe» verschwand in einer Staubwolke. Es war schon dunkel, als meine Mutter mit einem Veilchenstrauß zurückkehrte. Sie verbot mir, daran zu riechen.

Monsieur Homais bat sie, uns einen Walzer vorzuspielen. Alle riefen, sie habe erhebliche Fortschritte gemacht. Unmusikalisch, wie ich war, hatte ich es selbst nicht bemerkt, was mich nicht davon abhielt, begeistert zu klatschen.

Eines Nachts kam sie nicht nach Yonville zurück. Mein Vater wurde halb verrückt vor Angst, rannte zum «Lion d'Or», weckte das halbe Dorf, doch sie war nirgends zu finden. Das, was ich immer befürchtet hatte, war eingetroffen: Sie hatte uns verlassen. Ich ehrte meinen Vater und war mir seiner Liebe sicher, aber bei ihr hatte ich immer das dumpfe Gefühl gehabt, sie könnte uns beide im Stich lassen. Ich vergötterte sie, verzieh ihr alles, die Gleichgültigkeit, die Launen, die Ungerechtigkeiten. Ein freundlicher Satz, ein leichtes Streicheln über mein Haar ließen mich augenblicklich jeden Kummer vergessen.

Bald war sie wieder da und erklärte, ihr sei plötzlich unwohl gewesen. Ihre Lehrerin habe sich um sie gekümmert.

An den Tagen, an denen meine Mutter keinen Unterricht

hatte, lief sie im Esszimmer hin und her, rieb nervös ihre Pianistinnenhände und war überhaupt nicht ansprechbar.

Monsieur Léon kam zu Besuch! Die Homais waren auch eingeladen. In Erwartung der Gäste rauchte meine Mutter eine Zigarre!

Monsieur Léon fragte mich nur, ob ich artig gewesen sei. Als ich mich unter den Tisch bückte, um Napoléons Brotkügelchen zu fangen, sah ich erstaunt, wie Monsieur Léons Fuß den Fuß meiner Mutter streifte, dachte aber nicht weiter über den Vorfall nach. Ich füllte mehrere Gießkannen auf und ging mit meinen Spielgefährten Athalie und Napoléon in den Garten, wo wir im Sand tiefe Löcher gruben. Nach Napoléons Anweisungen sollten wir Bäche bilden.

Ich vernahm leise Geräusche und erkannte das helle Lachen meiner Mutter, das ich schon lange nicht mehr gehört hatte. Auf Zehenspitzen lief ich zur Gartenlaube, um mich hinter dem wohlriechenden Ziegenblatt zu verstecken, während sich meine Freunde fröhlich begossen.

Auf der Bank in der Gartenlaube saßen Monsieur Léon und meine Mutter. Ihre Gesichter verschwanden hinter einem kleinen Sonnenschirm. Plötzlich fiel der Sonnenschirm herunter. Mit ihrem Spitzentaschentuch fächelte sie sich Luft zu.

Zum ersten Mal seit ihrer Krankheit sah ich meine Mutter mit rosigen Wangen.

Der Notarsgehilfe kniete sich hin, griff nach ihrem kleinen schlanken Fuß und küsste ihn leidenschaftlich. Mich hatte sie Berthe genannt, wie diese Königin mit den großen Füßen.

Lheureux mit den Vipernaugen kam immer häufiger zu uns, allerdings ohne Koffer. Lange unterhielt er sich hinter verschlossener Tür mit meiner Mutter, die danach besorgt wirkte.

Ich bekam mit, wie sie sich bei Félicité Geld leihen wollte, doch unsere Magd war so lange nicht bezahlt worden, dass sie ihr nicht helfen konnte. Also versuchte sie es mit anderem, begann, alte Hüte und Töpfe zu verkaufen, während ich in zerlöcherten Strümpfen herumlief. Nichts half. Wir waren ruiniert.

Alle rasten verzweifelt durchs Haus, besonders meine Mutter rannte ein und aus. Wenn Lheureux da gewesen war, weinte sie in Félicités Armen. Abends warfen beide Frauen meinem Vater verstohlene, angsterfüllte Blicke zu, doch ihm schien nichts Ungewöhnliches aufzufallen.

Auf dieses Durcheinander konnte auch ich mir keinen Reim machen, bis Félicité mich später aufklärte. (Entgegen allen gesellschaftlichen Zwängen, allen auf harter Klassentrennung beruhenden Gesetzen hatte meine Mutter sie in ihre Geheimnisse eingeweiht.) So viele Kleider, Toilettenartikel und Stoffe hatte meine Mutter bei Lheureux ergattert, aber niemals bezahlt. Nun ließ sich der mitleidlose Modewarenhändler nicht länger vertrösten, sondern schickte uns den Gerichtsvollzieher ins Haus. Ich war entsetzt, als ich ihn und seine Gehilfen, die Krähen ähnelten, im Kleiderschrank meiner Mutter wühlen sah. Selbst das Ballkleid fassten sie an und lachten dabei. Ich zog an den schwarzen Gehröcken, vergebens. Schamlos fertigten sie Listen ihrer Hüte, Schuhe und Unterröcke an. Unser ganzer Hausrat sollte verkauft werden.

Bevor mein ahnungsloser Vater nach Hause kam, wollte meine Mutter einen letzten Rettungsversuch unternehmen. Sie zog jenes schwarze Kleid an, das ihre Porzellanhaut so gut zur Geltung brachte.

Ich frage mich, weshalb weder Monsieur Boulanger noch Monsieur Léon ihr zur Seite standen. Seitdem begegne ich jungen Männern mit gesundem Misstrauen.

Obgleich er ein herzensguter Mann war, zeigte mein Vater keine Leidenschaft – erst, als meine Mutter im Sterben lag. Aber dann war es ohnehin zu spät.

Merkwürdige Geräusche hatten mich aus dem Schlaf gerissen: ein Röcheln, Jammern und Stöhnen. Ich erschrak, als Félicité in mein dunkles Zimmer trat, um mich abzuholen. Als ich das letzte Mal mitten in der Nacht geweckt und zu meiner Mutter gebracht wurde, war es Weihnachten. Damals war ich sofort zu meinem Schuh gerannt, der mit Geschenken gefüllt war. Doch in dieser Nacht ahnte ich, dass im Raum nebenan etwas Furchtbares geschah, und ich versteckte mich unter der Decke.

Kerzenlicht blendete mich, ich kniff die Augen zusammen. Im Zimmer herrschte wilde Unordnung. Monsieur Homais drehte sich im Kreis, mein Vater weinte, die Vorhänge des Himmelbetts waren zurückgezogen, und ich schreckte zusammen, als ich sah, wie blass meine Mutter war. Ihre Augen traten aus den Höhlen, mir schien, dass etwas Schwarzes aus ihren Mundwinkeln lief, und sie war schweißgebadet.

Voller Ekel presste ich mich gegen Félicité. Schließlich gelang es mir, mich über meine Mutter zu beugen und sie zu küssen. Sie griff nach meiner Hand, ich sträubte mich. Mein Vater, das Gesicht im Taschentuch vergraben, befahl Félicité, mich ins Bett zurückzubringen. Die ganze Nacht blieb ich wach, zitterte in der Dunkelheit und horchte. «Durst!», rief sie. Oder: «Ich ersticke!» Dann hörte ich nur noch lang gezogene Klagelaute, die mir das Herz zerrissen. Irgendwann gellte ein entsetzlicher Schrei, gefolgt vom endlosen Schluchzen meines Vaters.

Am nächsten Morgen wurde ich feierlich zum Sterbebett geführt. Das Zimmer, das Félicité wieder aufgeräumt hatte, war dunkel und unheimlich. Nur noch eine Kerze brannte. Wie eine große Wachspuppe lag meine Mutter da, mit verschatteten Augen, in ihren kleinen weißen Händen hielt sie ein Kruzifix.

Ich betrachtete sie, doch weinen konnte ich nicht. Madame Homais kam, sie nahm mich zu sich. Stundenlang saß ich kraftlos in ihrer Küche, während Napoléon und Athalie sich immer wieder stumm vor mich stellten und traurig nickten. Hin und wieder brachten sie mir ein Stück Brot oder einen Apfel, aber ich wollte nichts essen. Im Hintergrund erzählte Madame Homais einer Nachbarin, meine Mutter habe versehentlich Arsen mit Zucker verwechselt.

Als ich einige Tage später wieder nach Hause kam, war das Zimmer leer. Es roch nach aromatischen Kräutern, die man dort verbrannt hatte.

Monsieur Homais' Gehilfe Justin weinte in Félicités Küche. Er erzählte ihr wirre Geschichten über einen Schlüssel, den er meiner Mutter gegeben hätte. (Es war der Schlüssel zum verbotenen Apothekenschrank.)

Nach dem Begräbnis blieb mein Vater zu Hause und sah teilnahmslos zu, wie unsere Möbel nach und nach abtransportiert wurden.

Die Kranken kamen nicht mehr zu uns, sondern ließen sich von Monsieur Homais pflegen. Mein Vater und ich saßen im leeren Esszimmer. Auf der gestreiften Wandtapisserie waren hellere rechteckige Flecken zu sehen, wo früher Gemälde gehangen hatten.

«Mein armes Kind», wiederholte er, doch wenn ich ihn ansprach, hörte er mir nicht zu. Immerzu sagte er, das Schicksal sei schuld.

Manchmal spielte er mit mir, reparierte eine Puppe, baute mir eine Holzkiste. Aber er sprach nicht. Und er sah so niedergeschlagen aus, dass ich mich auch nicht mehr traute, den Mund aufzumachen. Félicité arbeitete jetzt als Köchin im «Lion d'Or». Aber wenn sie eine freie Minute hatte, kochte sie für uns. Sie trug eins von den Kleidern meiner Mutter, vorne schon mit Bratensauce befleckt.

Großmutter Bovary kam uns besuchen. Nun wollte sie sich persönlich um alles kümmern und versprach, ihre eigene Magd aus Tostes anreisen zu lassen. Als sie sich eingenistet hatte, verbot sie mir den Umgang mit Napoléon und Athalie, die ohnehin immer seltener gekommen waren. In jener Zeit hatte ich oft juckende, rote Flecken im Gesicht, besonders, wenn ich Aprikosen aß. Manchmal begleitete ich meinen Vater zum Friedhof. Während er Blumen arrangierte oder sich vor dem Grab meiner Mutter in Gedanken verlor, lief ich durch die Alleen dorthin, wo die kleinen Kindergräber lagen. Fasziniert las ich die Geburts- und Todesdaten und rechnete aus, wie kurz die kleinen Wesen durchgehalten hatten. Endlich verabschiedete sich Großmutter Bovary.

Den ganzen Tag hatte ich meinen Vater nicht gesehen und fand ihn schließlich in der Gartenlaube. Genau dort, wo ich meine Mutter mit Monsieur Léon überrascht hatte. «Die Suppe ist fertig, Papa!», sagte ich, doch er bewegte sich nicht. Ich stieß ihn sachte an, da fiel er zu Boden. Tot. In der Hand hielt er eine lange schwarze Haarsträhne.

Nach dem Tod meines Vaters zog ich zu Großmutter Bovary nach Tostes. Doch kurz darauf starb sie, und so wurde ich von meiner Tante in Rouen aufgenommen.

Ich war froh, Yonville zu verlassen. Denn seit dem Freitod meiner Mutter tuschelten die Bourgeois, wenn ich vorbeilief. Man mied den Umgang mit mir. Nur die Homais zeigten sich noch großherzig. Hin und wieder fahre ich nach Yonville, um sie oder Félicité zu besuchen. Im Dorf wird immer noch über die Bovarys fantasiert. Der Skandal ist zur Legende geworden.

Lieber Rodolphe, jetzt weißt du alles über mich und meine Familie. Den Bankrott, die Schande, alles habe ich ertragen. Aber dass es am Ende doch geschehen musste, dass meine Mutter mich im Stich ließ, das war nicht zu ertragen. Lange konnte ich es ihr nicht verzeihen.

In Yonville sind die Menschen immer noch voller Empörung. Als Egoistin ist sie verschrien. Mir fiele es gar nicht schwer, sie vor einem Richter zu verteidigen.

Die Bücher waren schuld, die Männer waren schuld, die ganze Welt war schuld. Sie hat doch bloß geträumt. Dass sie über die Träume ihre Pflichten versäumte, ist in den Augen der meisten der eigentliche Skandal.

«Wenn niemand je lesen gelernt hätte, hätten sich auch nur die wenigsten verliebt», schrieb La Rochefoucauld. (Hätte ich es nur rechtzeitig erfahren!) Meine Mutter hat einfach zu viele Romane gelesen! Jenen Heldinnen wollte sie gleichen, romantische Liebe erleben, Glück und Freiheit. In einer Zeit, in der die Frauen unter ihren Spitzenhauben oder Sonnenschirmen stumm blieben, verspürte sie den Drang, laut aufzuschreien, verspürte eine unendliche Sehnsucht nach Abenteuer. Dafür war sie sogar bereit zu sterben. Die Welt, in der sie lebte, war doch ohnehin eine tote Welt, von Fledermäusen und Priestern bevölkert. Noch mehr als heute drehte sich damals alles nur um Pflicht und Tugend. Für eine solche Welt war sie einfach nicht geschaffen.

Ist dir aufgefallen, dass schon in ihrem Vornamen die Liebe anklingt? «Emma» wie «aima». Ja, sie liebte und wollte leidenschaftlich geliebt werden, alles andere zählte nicht. Liebe und Luxus, Liebe zur Liebe und zu schönen seidigen Stoffen. Alles hat sie falsch gemacht. Aber eins muss man ihr lassen: Sie hat geliebt!

Nur ihr Kind vielleicht nicht.

Geliebter Rodolphe, deine Briefe sind voller Poesie! Doch erinnern sie mich auch an Monsieur Boulangers erste Briefe an meine Mutter. «Wenn mein Rodolphe auch solch ein Scharlatan ist», sage ich mir, «dann ist es um mich geschehen.»

Du siehst, wie sehr mich Zweifel überkommen, wie Misstrauen mir die Feder führt. Manchmal möchte ich es ablegen wie einen alten, von Motten zerfressenen Mantel. Aber wie soll mir das glücken? Ich bin nun einmal so traurig gestimmt. Hätte ich nur Félicités Leichtigkeit!

Dein liebes, schönes Antlitz habe ich vor Augen, während ich dies schreibe, so wie ich es gestern geschaut habe. In der Abenddämmerung wirkt es beinahe überirdisch. Mondlicht bleicht deine Stirn, Nacht bedeckt deine Augen. Meine Mutter war von solch gefährlicher Schönheit. Und du übst die gleiche erschreckende Faszination auf mich aus. Oh! Eigentlich hätte ich Lust, dir diesen Brief niemals zukommen zu lassen, morgen zu unserem Rendezvous zu eilen. Und übermorgen. Und jeden Tag. Bis zu jenem viel zu frühen Tag, an dem du meiner überdrüssig würdest. Unerträgliche Qualen müsste ich dann leiden.

Rodolphe! Letztens glaubte ich, bei dir einen Anflug von Ungeduld wahrzunehmen. Es war, als ich so rasch wieder nach Hause gehen wollte, weil meine Tante sich unwohl fühlte. Du wolltest nicht, dass ich schon gehe, ließest sogar eine spöttische Bemerkung fallen, plötzlich war ich so ungeheuer beschämt, spürte in mir nur den Drang, dir unbedingt zu gefallen, dir um jeden Preis zu gehorchen. Doch so will ich nicht leben. Als Kind habe ich bereits erlebt, wie es ist, wenn die Liebe nicht oder nicht im gleichen Maße erwidert wird. Und am Beispiel meiner Mutter habe ich gesehen, wie gefährlich Träume sind. Du erscheinst mir nun wie ein Traumbild, ein allzu machtvolles Traumbild.

Wir dürfen uns niemals wiedersehen. Darunter würden nur dein Ruf und meine Gesundheit leiden. Besiegeln wir die Geschichte mit Entsagung. Unsere Liebe aber soll ein süßer Traum bleiben, wie in den Büchern.

Adieu!

Berthe Bovary

Film noir

Ein Hundewetter. Obwohl erst Nachmittag, ist es bereits stockfinster. Wie Kugeln prallen Tropfen gegen das Schaufenster der *Bar du Commerce.* Hinter der beschlagenen Scheibe zeichnen sich graue Gestalten ab.

In der dunklen Bar hängen Schwarzweißporträts vergessener Hollywoodstars. Sie sitzt auf einem Hocker an der Theke. Gibt dem Barmann ein Zeichen. Kreuzt die Beine übereinander und fällt beinahe vom Hocker. Wühlt in ihrer Handtasche. Raucht eine nach der anderen. Ein Mann im grauen Trenchcoat lässt sie nicht aus den Augen. Sie zuckt mit den Schultern, hebt ihre Handtasche auf und torkelt hinaus.

Wie eine wandelnde Tote irrt sie im Regen umher. Menschen drängen sich schutzsuchend unter die Vordächer. Andere spannen schwarze Regenschirme auf. Sie hat keinen Schirm, es scheint sie nicht zu stören. Der Tweedrock klatscht ihr gegen die Beine, ihre Haare sind durchnässt, wie dicke Tränen laufen ihr die Tropfen über das Gesicht. Im Vorbeigehen starren sie Kinder an.

Der Mann im grauen Trenchcoat ist ihr gefolgt.

– Der Mann: «Sie haben sicher Hunger … Kommen Sie! Ich lade Sie ein.»

Der Mann hält ihr die Tür auf. Zögernd tritt sie ins *Restaurant de la Place* ein. An den Tischen sitzen gelangweilte Paare und Kleinfamilien.

Sie trinkt nur Whisky. Das Essen rührt sie nicht an. Zwanghaft wirft sie ihre Haare zurück, sofort fallen sie ihr wieder ins Gesicht. Der Mann redet viel. Sie sieht ihn stumm an. Plötzlich beginnt sie zu weinen. Der Mann steht auf, er läuft zu ihr.

– Sie: «Bitte, lassen Sie mich!»

Gespannt verfolgen die Leute am Nebentisch die Szene. Eine elegante Dame tritt auf die beiden zu.

– Die Dame: «Monsieur! Lassen Sie nur. Ich werde sie nach Hause fahren.»

Draußen regnet es noch immer. Die Dame hilft ihr in den Citroën.

– Sie: «Ich will aber nicht nach Hause.»

– Die Dame: «Dann bringe ich Sie in ein Hotel!»

Das monotone Lied der Scheibenwischer erklingt. Es erinnert an Herzschläge. Oder an das Hämmern des Blutes in den Adern. Auf der gepflasterten Hauptstraße rumpelt das Auto. Ihr scheint übel zu werden.

Sie fahren durch die Altstadt, passieren die Kathedrale und das *Rex.* Das Kino ist schon lange geschlossen. Vergitterte Geschäfte defilieren an ihnen vorbei. Alles schläft, kein einziges Licht brennt hinter den Fenstern der großbürgerlichen Häuser mit ihren Schieferdächern.

Hôtel de la Gare. Die Dame erledigt die Formalitäten, während sie abseits steht. Schwankend betrachtet sie ein Seestück.

– Der Mann an der Rezeption: «Soll ich den Koffer der jungen Frau nach oben bringen?»

– Die Dame: «Sie hat keinen Koffer.»

Nummer 16: ein tristes Zimmer mit gestreifter Tapete. Die Dame bringt sie ins Bett.

– Sie: «Ich will aber nicht allein bleiben.»

– Die Dame: «Gleich bin ich wieder bei Ihnen, versprochen. Brauchen Sie ein Aspirin?»

– Sie: «Ja, danke.»
Bevor sie die Tür hinter sich schließt, will die Dame das Licht löschen.
– Sie: «Nein! Lassen Sie es brennen!»
Die Dame haucht ihr einen Kuss auf die Stirn, dann verlässt sie das Zimmer.

Sie springt aus dem Bett. Vor dem Spiegel zieht sie sich aus und tanzt im Nylonunterrock auf und ab. Dazu summt sie ein Lied, vielleicht «Les feuilles mortes». Tanzend versucht sie, die Stöckelschuhe von ihren Füßen zu streifen. Einer fliegt durchs Zimmer. Als sie den anderen ausziehen will, fällt sie auf das Bett zurück. Sie muss lachen. Plötzlich hält sie inne und betrachtet sich im Spiegel. Ihre Schminke ist verlaufen. Sie wühlt in ihrer Handtasche, zündet sich eine Zigarette an, wühlt weiter. Schließlich kippt sie den Inhalt ihrer Handtasche auf das Bett. Öffnet ihre Puderdose. Trägt eine dicke Schicht auf und malt sich einen schwarzen Lidstrich um die dunklen Augen. Jetzt ähnelt sie Juliette Gréco.
Es klopft an der Tür. Blitzschnell verschwindet sie unter der Bettdecke. Die Utensilien fallen auf den Teppich, ein Lippenstift rollt unter den Schrank. Im Spiegel erscheint die Dame. Sie lächelt.
– Die Dame: «Wie geht es Ihnen?»
– Sie: «Gut. Ich möchte jetzt schlafen.»
– Die Dame: «Das Zimmer ist bezahlt. Ich werde jetzt gehen.»

Torkelnd betritt sie das *Restaurant de la Place.* Setzt sich allein an einen Tisch und bestellt einen doppelten Whisky. Die Dame erkennt sie auf den ersten Blick wieder. Mit Luftkuss verabschiedet sie sich von einem jungen Mann an ihrem Tisch und setzt sich ihr gegenüber. Der junge Mann starrt die beiden mit feurigen Augen an. Er hat wilde Locken.

Nun wohnt sie bei der Dame. Ganze Tage verbringt sie im Bett. Die schwarzen Vorhänge sind zugezogen. Meistens liegt sie mit offenen Augen da. Hin und wieder steht sie auf und läuft zur Hausbar. Dann wälzt sie sich so lange in den knisternden Seidenlaken, bis sie in einen kurzen Dämmerschlaf verfällt. Abends ist die Dame wieder zu Hause.

– Sie: «Ich konnte gar nicht schlafen.»

Die Dame gibt ihr eine Tablette, die sie mit Whisky hinunterspült.

Am nächsten Morgen. Sie fasst sich an die Stirn, öffnet den Kühlschrank, nimmt eine Scheibe Bayonne-Schinken. Stopft sie sich zusammengerollt in den Mund. Im Türrahmen steht die Dame. Sie trägt einen eleganten weißen Morgenmantel.

– Die Dame: «Gibt es schon Kaffee?»

– Sie: «Nein. Gibt's nicht.»

Während sie sich auf einen Küchenstuhl fallen lässt, kocht die Dame Kaffee und gibt ihr ein Glas Jamaika-Rum. Sie verzieht das Gesicht.

– Die Dame: «Was haben Sie heute vor?»

– Sie: «Mich ausruhen. Und später trinken.»

Die Dame ist ausgegangen. Sie legt sich wieder ins Bett. Hat die Arme hinter den Kopf verschränkt und scheint zu schlafen, eine brennende Zigarette im Mund.

Das Telefon klingelt. Sie geht in den Salon und nimmt ab.

– Sie: «Hallo? Nein, sie ist nicht zu Hause!»

Dann hört sie eine Weile zu, zieht Grimassen, legt wieder auf und spaziert durch den Salon. Hin und wieder nimmt sie einen Gegenstand in die Hand, dreht ihn um und stellt ihn wieder hin. Gleichgültig fasst sie alles an, die Vorhänge, Statuetten, Fotorahmen …

Sie lässt sich ein Bad ein, gießt den Inhalt einer Plastikflasche in die Wanne. Nur ihr Kopf ragt noch aus dem Schaum. Unter den Augen hat sie tiefe Ringe.

Nach dem Baden betrachtet sie sich im Spiegel des Badezimmerschränkchens, konzentriert und doch teilnahmslos. Sie probiert große Ohrklipps an. Vergisst, sie wieder abzunehmen.

In ein großes Frottétuch gewickelt, öffnet sie den Kleiderschrank der Dame. Übergeht die Chanel-Kostüme, wählt ein kleines Schwarzes aus. Als sie angezogen ist, verlässt sie die Wohnung.

Sie setzt sich an die Terrasse des *Café des Fleurs.* Im dünnen Kleid scheint sie zu frieren. Der Himmel ist bedeckt. Ihr Blick fällt auf einen Topf Geranien. Sie verzieht das Gesicht und bestellt einen Espresso. Ein Mann im schwarzen Rollkragenpullover nähert sich ihr.

– Der Mann: «Ist der Platz frei?»

Sie nickt, ohne ihn eines Blickes zu würdigen.

– Der Mann: «Einen trockenen Martini?»

– Sie: «Ja, gern.»

– Der Mann: «Garçon!»

Bewundernd sieht er sie an.

– Der Mann: «Wir sind uns noch nicht begegnet, glaube ich? Darf ich Ihnen ein Kompliment machen?»

Sofort steht sie auf. Sie wirft ein paar Münzen auf den Tisch.

– Sie: «Komm mit!»

Nach kurzem Zögern folgt er ihr.

– Sie: «Wohin? Bei mir geht's nicht. Und bei dir?»

– Der Mann: «Bei mir auch nicht.»

Mitten auf der Straße drückt er sie an sich. Sie schubst ihn sanft zurück und dreht den Kopf zur Seite.

Im *Hôtel de l'Étoile* zieht sie sich wieder an. Er liegt noch nackt auf dem Bett, betrachtet sie, streichelt ihre Beine. Sie zieht den Reißverschluss des Kleids zu.

– Der Mann: «Hast du morgen Zeit?»
– Sie: «Nein. Keine Zeit. Übermorgen auch nicht. Keine Zeit und keine Lust.»
– Der Mann: «Hat es dir nicht gefallen?»
– Sie: «Doch, doch …»
– Der Mann: «Aber was?»
– Sie: «Aber kein Interesse.»
– Der Mann: «Das musst du mir erklären!»
– Sie: «Ich hab Durst. Ich gehe.»
– Der Mann: «Warte! Warte!»

Sie ist schon auf der Treppe. Er hat nicht einmal Zeit gehabt, seine Hose zuzuknöpfen. Außer Atem steht er vor ihr, mit nacktem Oberkörper.

– Der Mann: «Gut! Dann lass uns was trinken gehen!»

Chez Roger ist es düster und verraucht. An der Theke bestellen sie immer wieder Whisky. Leise Jazzmusik kommt aus dem Radio. Im Hintergrund hört man trockene Stöße und dumpfes Rollen: Zwei Männer spielen Billard. Sie lacht und wirft ihre Haare nach hinten. Nur noch einen Ohrklipp trägt sie.

– Sie: «Wo sind die Toiletten?»

Der Barmann zeigt nach links.

Sie läuft nach links, kehrt um, wirft einen verstohlenen Blick auf den Mann im schwarzen Pullover und verlässt das Lokal.

Sie betritt eine Metzgerei. Bestellt hundert Gramm Bayonne-Schinken, zwei Scheiben stopft sie sich an Ort und Stelle in den Mund. Den Rest packt sie in ihre Handtasche.

Im *Restaurant de la Place.*
– Die Dame: «Das Kleid steht Ihnen gut. Ich schenke es Ihnen.»
– Sie: «Danke.»
– Die Dame: «Ich kann leider nicht mit Ihnen essen, ich habe ein Rendezvous.»
Sie bestellt einen Salat. Trinkt Whisky. Steht auf und torkelt zum Tisch eines Gasts im grauen Anzug.
– Sie: «Haben Sie eine Zigarette?»

Sie sitzt im grauen Auto des Mannes im grauen Anzug.
– Der Mann: «Sie hören mir gar nicht zu!»
– Sie: «Aber doch!»
Im Autoradio läuft ein Liebeslied. Sie dreht an den Knöpfen herum. Endlich ist das Radio ausgeschaltet.

Die Dame hat eine Party organisiert. Die Gäste sind in der Regel älter, manche Männer haben schon Bäuche. In der Kleinstadt gelten diese Leute als extravagant.
Sie wird den Salonlöwen zum Fraß vorgeworfen.
– Ein Gast: «Wer ist diese geheimnisvolle Person?»
– Die Dame: «Mein Schützling.»
– Ein anderer Gast: «Gehört sie zu jenen Frauen, die Komplikationen sehen, wo keine sind?»
– Die Dame: «Aber nicht doch! Du bist unmöglich!»
– Ein dritter Gast: «Sie hat ein gewisses Etwas …»
Er nähert sich ihr.
– Der dritte Gast: «Sind Sie berühmt?»
– Sie: «Nein.»
– Der dritte Gast: «Dann werden Sie es bald! … Langweile ich Sie?»
– Sie: «Nein.»
– Der dritte Gast (singt): «Es gibt eine Puppe, die sagt nein nein nein nein nein nein nein!»

Sie lacht verhalten.

Als perfekte Gastgeberin läuft die Dame von einem Grüppchen zum nächsten. Sie zeigt auf das Büfett, wo sich Kaviarschälchen und Kanapees türmen.

Eine Bande angeheiterter Herren in den besten Jahren drängt sich auf dem Sofa zusammen. Sie zappeln mit den Beinen, verschütten ihre Getränke, schubsen sich gegenseitig, wie kleine, ungezogene Jungen.

Sie spricht mit keinem. Hat bereits so viel getrunken, dass sie sich an die Wand lehnen muss. Wie sie so dasteht, mit angewinkeltem Bein, erinnert sie an eine gelangweilte Prostituierte. Die Männer fühlen sich von ihr unwiderstehlich angezogen. Nacheinander kommen sie auf sie zu, machen ihr den Hof, versuchen, ihr ein Wort zu entlocken oder zumindest ein Lächeln.

Eine Frau tanzt. Sie wirbelt ihre schwarzen Haare herum, lässt das Becken kreisen, wackelt mit dem Hintern. Keiner beachtet sie.

Heute trägt die Dame besonders viel Schmuck. Dazu eine Federboa. Eng umschlungen tanzt sie mit dem jungen Mann aus dem Restaurant, der plötzlich eine vage Ähnlichkeit mit Anthony Perkins aufweist. Er ist ihr Geliebter, dabei könnte er ihr Sohn sein.

Eine Nachbarin klingelt. Sie klagt, dass ihr Kind nicht schlafen kann. Die Dame schiebt sie sanft, aber bestimmt in den Hausflur. Dann läuft sie zum Mono-Plattenspieler und stellt die Jazzmusik unmerklich leiser.

Die Dame wendet sich ihrem «Schützling» zu.

– Die Dame: «Würden Sie mir helfen?»

Die Dame übergibt ihr ein Tablett voller Champagnergläser. Sie lässt das Tablett fallen. Eine versnobt wirkende Frau bekommt ein paar Spritzer ab.

– Die Frau: «Was fällt Ihnen ein? Sie! ... Sie Schmutzfink!»

Sie gibt der Versnobten eine Ohrfeige und verlässt den Raum. Alle sind entsetzt.
– Die Dame: «Sie hat es nicht leicht … Scheißexistenz!»

Aus dem Nebenzimmer dringt ein Stöhnen, Seufzen und Keuchen. Sie findet keinen Schlaf. Wälzt sich hin und her. Reißt ihre Decke herunter. Führt ihre Hand zwischen die Beine und streichelt sich. Horcht aufmerksam. Erstickt einen Schrei. Danach wühlt sie in ihrer Handtasche. Holt den Schinken heraus und steckt ihn sich in den Mund.

Die Dame zeigt ihr ein Album. Unzählige Fotos in Schwarzweiß. Die Dame lacht über längst vergangene Anekdoten.
– Die Dame: «Haben Sie kein Bild von sich als Kind?»
– Sie: «Nein.»

In der Küche brät sie Spiegeleier mit Bayonne-Schinken. Wieder hört sie Stöhnen und Seufzer aus dem Zimmer der Dame. Auf Zehenspitzen läuft sie hin, öffnet behutsam die Tür und lugt hinein. Im Halbdunkel reitet die Dame auf ihrem Geliebten. Er hat sie gesehen.

Sie schläft mit dem Geliebten der Dame. Ihre Haare sind ganz zerzaust. Sie zittert vor Liebe.
– Der Geliebte: «Mireille!»
Sie reißt die Augen auf. Auf einmal nimmt sie die rote Rose wahr, die auf seinem Arm tätowiert ist. Sie lacht wie ein Kind. Das ganze Zimmer beginnt sich zu drehen, wie in einem riesigen Kaleidoskop tanzen die hellgrünen Wände, wirbeln die roten Vorhänge. Bunte Blumen springen ihr aus den Vasen entgegen. Im Fruchtkorb leuchten die Orangen wie Ufos. Auch seine blauen Augen strahlen. Sonne strömt ins Schlafzimmer, spielt mit seinen gelben Locken.

Plötzlich steht die Dame in der Tür. Ihr Gesicht erstarrt zur Maske.
Die Dame entfernt sich. Mit einem Jagdgewehr erscheint sie wieder. Zwei Schüsse fallen.

Fasziniert beobachtet die Dame, wie sich die zerwühlten Laken über und über rot färben.

Ich bin nicht da

– Eine wahre Gespenstergeschichte –

Zu jung für die Ewigkeit

So jung und schon tot, das schrie vor Ungerechtigkeit. Bei meinem Begräbnis schüttelten die Trauergäste bestürzt den Kopf, und Sunnys Verzweiflung drang bis in meinen Sarg.

Dabei war das Sterben selbst ein lustiges Experiment gewesen, wie ein Drogentrip. Glaubt mir: Davor braucht ihr wirklich keine Angst zu haben.

Natürlich habe ich mich zuerst gewehrt, doch als ich mich endlich fügte, ging alles ganz leicht. Man lässt sich gehen, wird von einer sanften Kraft angesogen, dann gleitet man durch einen Tunnel voller Licht und Wärme. Nur die hübschesten Anekdoten fallen einem wieder ein: der Kindergeburtstag, das rote Fahrrad, der erste Kuss. Sterben ist durchaus amüsant, wie ein absurder Traum, und wenn die Menschen es wüssten, würden sie jeden Tag Selbstmord begehen wollen.

Sterben ist das eine. Tot zu sein ist weit weniger spaßig. An sich ging es mir nicht übel, körperlich gesehen. Ich verspürte nicht die geringsten Schmerzen mehr. Während mein Leib allmählich zerfiel, verwandelte ich mich in eine große Elfenbeinpuppe. Mit jedem Tag fühlte ich mich jünger und unbeschwerter. Aber diese erzwungene Untätigkeit ertrug ich nicht.

Der arme Sunny hatte meinen Leichnam so lange wie möglich bei sich behalten. Selbst der etwas gewöhnungsbedürftige Duft konnte ihn nicht davon abhalten, Tag und Nacht an meiner Seite zu wachen. Ihm schien es egal zu sein, ob ich radioaktiv strahlte oder nicht. Als seine Tante schließlich zu Besuch kam und auf einem Begräbnis bestand, setzte er sich so heftig zur

Wehr, dass man ihm ein Beruhigungsmittel spritzen musste. Die Trauerzeremonie hat er wie in Trance durchgestanden.

Wenn mich Sunnys Kummer nicht so sehr beunruhigt hätte, hätte ich mich vielleicht damit abgefunden, für alle Ewigkeiten unter der Erde zu liegen. Es gibt zwar Spannenderes, aber als todlangweilig darf man es sich auch nicht vorstellen. Denn während der Körper unbeweglich daliegt, wandert der Geist durch fantastische Regionen. Opiumraucher wissen sicher, was ich meine. Aber das werdet ihr eines Tages alle selbst erleben.

«Nur wer die Sehnsucht kennt, weiß, was ich leide», heißt es bei Goethe. Die Sehnsucht nach meinem geliebten Sunny war es, die mich im Grab rotieren ließ. Die quälende Gewissheit, dass er ohne mich nicht leben konnte. Hundertmal hatte er mir das prophezeit, und ich zweifelte keine Minute an der Richtigkeit seiner Worte. Durch das Leben waren wir gemeinsam spaziert wie durch einen Film, und immer, wenn er meine Hand ergriff, verlor ich den Handlungsfaden. Alle waren uns wohlgesonnen: so ein hübsches Paar!

Dass wir einander gefunden hatten, hielten wir für ein Wunder. Es war Liebe auf den ersten Blitz, wie wir sagten. Seit ich Sunny kennen gelernt hatte, fühlte ich mich nie mehr einsam. Ihm ging es genauso. Ich ersetzte ihm eine ganze Familie, denn Sunny war im Heim aufgewachsen. Noch heute bekommt er davon Albträume. Und selbst mir erzählte er niemals von seiner Kindheit.

So weiß ich gar nicht, wie Sunny zu seinem Namen gekommen ist. Nur eins weiß ich mit Bestimmtheit: Der Name passte wunderbar zu seiner goldenen Stachelfrisur, seinem strahlenden Lächeln, seinen leuchtenden Augen. Ob sie bald wieder leuchten? Unmittelbar vor meinem Tod habe ich ihm in die Augen gesehen und bin zutiefst erschrocken: Die Sonne darin war düsteren Wolken gewichen.

Ja, die Sehnsucht war es wohl, die mich in ein Gespenst verwandelte. Alle Geisteskräfte hatte ich aufgebracht, und mit einem Mal befand ich mich draußen. Mein Grab aber war verschlossen, der Grabstein keinen Millimeter verrückt. Immer noch lag mein Körper unter der Erde. Ich hatte es also geschafft, mich zu entdoppeln. Tatsächlich: Ich blickte an mir herunter und nahm so etwas wie eine Aura wahr. Mein Haar, das nicht aufgehört hatte zu wachsen, wirbelte um eine schemenhafte Figur.

Schon zu Lebzeiten sagte man mir nach, ich sähe aus wie ein Phantom: ein mageres, blasses, hohlwangiges Geschöpf mit langen Haaren, die so sinnlos umherflatterten wie Gedanken. Wie meine jedenfalls. Meistens gab ich mich Tagträumen hin. «Sie wurde faul geboren, und seitdem ist es nicht schlimmer geworden», sagte Sunny immer.

Gespenstermode

Zuallererst möchte ich ein paar Vorurteile ausräumen:

Wir laufen keineswegs in Gardinen herum. Die Gardine ist lediglich ein Requisit für überholte Horrorgeschichten. Das einzig Wahre, was je über unsere Kleidung geschrieben wurde, ist im unsäglichen Wälzer *Memoiren eines Gespensts, von einem Skelett verfasst* nachzulesen. So erfährt man, dass Gespenster die raffinierte Eleganz durchsichtiger Nebel- und Lichtstoffe bevorzugen und sich nur ungern so kostümieren, als ginge es zum Karneval.

Selbst wenn unsere Bewegungen sehr langsam sind, wirken sie geschwind. Die Schwere des menschlichen Körpers ist uns fremd, wir sind leichter als jede Feder. Vielleicht verursacht ja unser Fließen und Schweben jene optische Täuschung, die an ein Cape oder einen Umhang erinnert. Und dennoch ist Boris Vian unter uns der Einzige, der Gardine trägt. So hatte er es schon zu Lebzeiten verkündet: «Ich bin ein Snob, ein noch größerer Snob als je zuvor. Und wenn ich tot bin, kaufe ich mir ein

Leichentuch von Dior.» Wenn Boris vorbeiflattert wie eine Fledermaus, lächeln die anderen Gespenster über ihn. Ganz verstohlen natürlich, man will es sich ja nicht mit ihm verderben.

Unterwegs begegne ich oft anderen Gespenstern. Nun wird mir klar, dass ich vor meinem Tod viele nicht erkannt habe, ich hielt sie für diffusen Nebel, vom Mondschein leicht beleuchtet. Jetzt sehe ich die Unsichtbaren. Die meisten Gespenster sind jung. Es sind all jene, denen keine Zeit blieb, ihr Ziel zu erreichen. Meine unvollendete Aufgabe lautet: Sunny Glück zu bringen, ihm, der vor unserer Begegnung keine Liebe erfahren hat.

Wir Gespenster sehen einander, doch ohne ein Wort zu wechseln. Dafür ist einfach keine Zeit. Denn eines stimmt durchaus: Die Geisterstunde liegt zwischen Mitternacht und ein Uhr, da müssen wir uns beeilen. Tageslicht bekommt uns überhaupt nicht. Im Gegenteil: Grelle Sonne ist eine Tortur.

Sehr selten wandeln Gespenster noch durch Schlösser, windige Gutshäuser oder altehrwürdige Theater. Selbst Sir Alec Guinness lässt sich bei Hamlet-Aufführungen nicht mehr blicken. Am liebsten halten sich moderne Gespenster in Flugzeugen auf.

All das, was über monströse Geister berichtet wird, halb Mensch, halb Schaf, die Menschen umbringen sollen, halte ich für Unfug. Blutrünstige Gespenster? Nein! Von Wasser und Wind ernähren wir uns. Bis jetzt sind alle, die ich getroffen habe, ausnahmslos anständig gewesen. Manchmal sind es Mütter, die nach ihren Kindern suchen. Oft stehen sie wie Tramper am Straßenrand. Werden sie zufällig einmal mitgenommen, schreiten sie bei Unfällen als Schutzengel ein.

Ohne Gespenster wären die Menschen verloren. Und einsam. Ein Einzelkind aus Maine – laut Blakes und King soll es in diesem amerikanischen Staat spuken, was viele andere inzwischen bestätigen konnten – erzählte mir einmal, dass sein einziger Freund ein Gespenst gewesen sei, das sich mit ihm kleine Scherze erlaubte: Jede Nacht riss es Bettlaken und Decken weg, während das Kind schlief, und zog es an den Haaren. Die Mutter wusste von der Existenz des *infamen* Phantoms, fand es aber so nett, dass sie nicht im Traum daran dachte wegzuziehen.

Was die Theorie betrifft, man müsse sich mit eigenen Händen erwürgen, um ein Gespenst zu werden, so kann ich nur sagen, dass dies keine Bedingung *sine qua non* ist: Ich bin der tote Beweis dafür.

Die Wiedergängerin

In jener Nacht lag der Friedhof in völliger Finsternis, es herrschten eisige Temperaturen – auf dem rissigen Boden entdeckte ich Frostspuren –, der Nordwind heulte, doch spürte ich die Kälte nicht. Einige Alleen weiter erblickte ich das Gespenst eines kleinen Mädchens, dessen schneeweißes Haar im Nebel aufleuchtete wie eine Halogenlampe. Elfengleich kletterte es aus einer Familiengruft. Dabei schien sich seine Silhouette aufzulösen wie die Überreste eines uralten Fotos. Wie in einem Spiegel betrachtete ich die durchsichtige Erscheinung mit den tiefen Augen und den blutroten Lippen, um ein Bild meiner eigenen neuen Gestalt zu gewinnen. Gern hätte ich das Mädchen angesprochen, doch es eilte davon und verschwand in der verschwommenen Landschaft.

Zuerst musste ich mich an diese neue Konsistenz gewöhnen: weder Geist noch Materie, ein umherirrender Schatten von heller Transparenz. Jeder Schmerz war von mir gewichen, und ich fühlte mich leicht, so leicht wie eine Skizze, wie der Wind, wie klares Quellwasser. So leichtfüßig, dass ich mehr flog denn lief. Raum und Zeit bekamen ganz neue Dimensionen. Innerhalb weniger Sekunden konnte ich etliche Kilometer zurücklegen. Vielleicht lag es daran, dass ich so jung gestorben war. Von meinem Instinkt geleitet, brauchte ich nur einen Augenblick, um unsere Straße wiederzufinden. Seltsam, dass es so rasch ging, denn zeit meines Lebens hatte ich gar keinen Orientierungssinn. Sunny lachte immer, wenn er mich in die falsche Richtung marschieren sah. Vielleicht lag es ja nicht am fehlenden Orientierungssinn, vielleicht verließ ich mich einfach darauf, dass Sunny schon wissen würde, wo es langging – zumindest geographisch gesehen.

Bald stand ich also vor dem Briefkasten, las unsere Namen: «Nicole & Sunny» auf dem kitschigen Aufkleber. Mein Herz schlug heftig. Natürlich ist es absurd, «mein Herz schlug heftig» zu sagen, denn mein Herz lag still im Gerippe, in der Gruft, dort unter der Erde. Und doch wurde ich nervös. Mein erstes Rendezvous nach dem Tod! Und Sunny wusste nichts davon. Wie würde er reagieren? Womöglich bekäme er es mit der Angst zu tun, wenn er mich ohne Vorwarnung in diesem Zustand sähe. Ich musste versuchen, mich ganz unauffällig zu verhalten. Verführung durch und trotz Abwesenheit. Wie eine Katze, die ihrem verlassenen Heim nachtrauert, wollte ich mich heimlich zu ihm schleichen.

Ich brauchte keine Türen mehr aufzuschließen. So brauchte ich auch nicht zu klingeln, weil ich Spatzenkopf wieder einmal meinen Schlüssel vergessen hatte. Ich glitt einfach hinein. Doch was erwartete mich da! Im Flur kreisten dicke Schmeißfliegen um pralle Mülltüten und ließen sich auf Bergen schmutziger Wäsche nieder. Nun denn, zum Aufräumen war ich ganz bestimmt nicht gekommen. Immerhin bietet der Tod den Vorteil, dass man sich noch einfacher als zuvor vor dem Putzen drücken kann.

Ich spitzte das Ohr. Aus dem Schlafzimmer drang ein leises Stöhnen. Rasch schwebte ich hin. Da lag er, mein Sunny, mein Sunnyboy, im Mondschein, der seine zarten Züge beleuchtete. Übermütig begann ich, um das Bett zu tanzen, das Haar flatternd wie eh und je. Die Decken hatte er zurückgeworfen, ich sah seinen Oberkörper, der mir so vertraut war. Eineinhalb Jahre lang hatte ich jede Nacht an dieser Brust liegend zugebracht, sie ist sanfter als das weichste Kissen. Am liebsten hätte ich mich sofort wieder hingelegt. Aber ich begnügte mich damit, leicht über Sunnys Haar zu streichen. Wie mager er geworden war! Sein goldener Teint wirkte kränklich. Auf seiner Stirn perlte Schweiß. Ich entfernte eine Strähne: Mein armer Freund hatte Fieber, er wimmerte im Schlaf. Schnell wollte ich ihm ein Glas Wasser holen. Als ich in der Küche den Hahn aufdrehte, krachte und bollerte es in der Leitung. Fauchend sprang Mitzi, die Katze, hoch und zeigte mir dabei ihre spitzen Zähne. Sollte sie mich wiedererkannt haben, schien sie sich nicht gerade zu freuen!

Danach legte ich mich an Sunnys Seite, es wurde Zeit für ein wenig weiße Magie. «Lieber Sunny, sei nicht traurig», wiederholte ich unentwegt, «deine Freundin ist bei dir, sei nicht traurig, lieber Sunny …» Ob er spürte, dass er nicht mehr allein war? Er bewegte sich im Schlaf, und ich sah ihn lächeln.

Ich durfte keine Sekunde mehr verlieren, der Friedhof rief. Es war genauso traurig wie früher, wenn meine Mutter mir verbot, länger als bis zehn Uhr abends auszugehen. Dann begleitete mich Sunny zur Haustür, und jedes Mal war es ein verzweifelter Abschied, als ob wir einander niemals wiedersehen würden. Mir jedenfalls kam es so vor. Ihm vermutlich auch, denn er küsste mich unaufhörlich und sagte ein ums andere Mal: «Bleib doch noch ein bisschen!»

Gespensterpech

Der zweite Abend bei Sunny endete in einem Haufen Scherben.

Zuerst war es eine Karaffe, die ich aus Versehen umschmiss. Aber weil das Fenster trotz Kälte offen stand, hätte auch eine Windböe die Schuld tragen können. Eilig schlug Sunny das Fenster zu. Dann fing er an, sich im Kreis zu drehen, raufte sich die Haare und murmelte unverständliches Zeug. Wie eine Mutter sorgte ich mich um sein Wohlergehen und überlegte, ob ich unserer Nachbarin Julia nicht suggerieren sollte, sich um Sunny zu kümmern. Ja, warum eigentlich nicht? Eine sympathische junge Frau, sie mochte Sunny, und er? Ach, ein anderes Mal vielleicht, wenn es ihm wieder besser ginge. Es wäre jedenfalls ein Kinderspiel, ich bräuchte mich nur neben ihr Bett zu stellen und im Geiste – der ich war – die entsprechende Formel zu wiederholen.

Bald legte sich Sunny hin und war sofort weg. Gern hätte ich ihn im Schlaf verführt, doch das erschien mir angesichts seiner Trauer respektlos. Stattdessen nahm ich ihn ganz behutsam in die Arme. Sanfte Worte hauchte ich in seine Ohrmuschel. Sein Haar roch nach Sand und Meer. Eigenartig, dass Sunny immer nach Urlaub duftete, obwohl er ja in einer nördlichen Stadt wohnte.

Während ich so an Sunnys Seite lag, schielte ich nach einer Tasse Milch auf dem Nachttisch. Gewöhnlich haben Gespenster weder Durst noch Hunger. Weshalb ich plötzlich solch einen Drang verspürte, Milch zu trinken? Hatte mich meine Mutter zu früh abgestillt? Hoffte ich insgeheim, durch Milch wieder lebendig zu werden? Im Dunkeln griff ich nach der Tasse. Die Milch war geronnen! Vom sauren Geschmack überrascht, ließ ich prompt die Tasse fallen. Sie zerbrach in hundert Stücke. Kurz riss Sunny die Augen auf, dann schlief er wieder ein.

Ich hätte es dabei belassen sollen, doch diese Lust auf Milch wurde zur fixen Idee. Um aus Mitzis Napf zu naschen, kroch ich auf allen vieren heran. Da attackierte sie mich. Zwar konnten mir ihre Krallen und Zähne nichts anhaben, aber ich war traurig, dass mich die sonst so zutrauliche Katze als Gespenst offenbar nicht leiden konnte. Ich hatte sie immer für ein magisches Wesen gehalten, umso größer war die Enttäuschung, als sie mich nicht erkannte. Vor dieser Tigerin musste ich mich in Acht nehmen.

Am dritten Abend war Sunny total betrunken. Vor dem Spiegel torkelte er auf und ab, dabei schnitt er die wildesten Grimassen. Zu komisch! Wie gern ich ihn umarmt hätte! Die Augen riss er so weit auf, dass sie beinahe aus ihren Höhlen sprangen. Da konnte ich mich nicht länger beherrschen. Ich musste lachen. Ich kann lachen, ohne dass mich einer hört. Mitzi allerdings schien es wahrzunehmen. Verstört sah die Katze in meine Richtung. Das Fell starr aufgerichtet, fauchte dieses diabolische Wesen, duckte sich und machte einen Buckel, als ob es mich erneut angreifen wollte. Zu meiner Erleichterung sprang Mitzi jedoch einfach vom Sofa und folgte Sunny zur Tür hinaus …

Bald darauf entwickelte Sunny eine neue Vorliebe: Ständig zündete er Kerzen an, die er überall brennen ließ. Ist das nicht unvorstellbar hippieesk? Wahrscheinlich wollte er auf diese Weise mein Begräbnis noch einmal nachleben. Zu seiner makabren Stimmung hätte es gepasst. Damals leuchteten unzählige Kerzen, während auf der Kirchenorgel mein Lieblingslied «No Parachute» gespielt wurde. Nun spielte Sunny das Stück immer wieder an, dann schlug er ein schwarzes Notizheft auf und begann zu schreiben. Auch das war neu! Früher hatte er zu Hause höchstens einmal im Jahr einen Stift in die Hand genommen, um seiner Tante eine Weihnachtskarte zu schreiben. Im Lichtschein seiner Kerzen wirkte er plötzlich älter. Er erinnerte mich an ein Selbstporträt von Edvard Munch, das wir mal in einem Osloer Museum gesehen hatten. Sunny und ich waren oft auf Reisen gegangen.

Gern hätte ich erfahren, was Sunny in sein schwarzes Heft schrieb, aber ich wollte nicht indiskret sein. Als er aus dem Zimmer ging, blies ich vorsichtshalber ein paar Kerzen aus. Dabei fiel mein Blick ganz unbeabsichtigt auf das Tagebuch. Ich entdeckte meinen Namen! Diesen einen Satz wollte ich nur lesen, doch dann konnte ich nicht umhin, mir das ganze Heft vorzunehmen. O Gott! Ich musste mich hinsetzen. Prompt kippte ein Kerzenständer um, ein Glück, dass ich diese Kerze gelöscht hatte. Welch ein Schock! Welch eine Enttäuschung! Welch ein Missverständnis!

Ich floh durch die verschlossene Tür, schwebte die Treppe hinab, rannte zum Friedhof zurück und wollte nur noch eins: richtig tot sein.

Tagebuch eines Wahnsinnigen

Mittwoch.

Ich muss umziehen. Diese Totenstille ertrage ich nicht mehr. Die Wohnung erinnert mich zu sehr an Nicole. Nicole mit nassen Haaren, Nicole beim Nägellackieren, Nicoles blasses Gesicht in der Morgensonne … Überall liegt ihr Zeug rum. Ich wusste überhaupt nicht, dass sie so viele Ohrringe besaß. Seltsam, letztens hatte ich Lust, mir welche anzustecken, jetzt probiere ich jeden Tag neue aus. Ich verbringe überhaupt viel Zeit vor dem Spiegel. Als müsste ich ständig nachsehen, ob ich noch da bin. Nicole ist weg! Ich nicht. Ihre Kleider kann ich nicht mehr sehen, aber ganz darauf verzichten kann ich auch nicht. Vielleicht sollte ich sie einfach anziehen. Wenn ich mich erst einmal in Nicole verwandelt habe, vermisse ich sie vielleicht nicht mehr. Dass sie immer Söckchen zu ihren Röckchen trug! Daran muss ich immerzu denken, und das macht mich verrückt. Manchmal schlägt die Trauer in Wut um, dann bekomme ich Angst, diese Tobsucht und Raserei, wie früher, als Kind, da wollte es kein Ende nehmen.

Vor lauter Kummer kriege ich nachts kein Auge zu. Und dann kommen diese Halluzinationen. Gestern Nacht zum Beispiel, da fühlte es sich so an, als fasse eine Hand mir ins Haar. Vor lauter Panik versuchte ich aufzustehen, doch dafür war ich zu erledigt. Diese Hand zog an meinen Haaren, es tat richtig weh, und ich konnte nichts dagegen tun.

Morgen gehe ich zum Arzt. Ich glaube, das muss so eine Psychomacke sein, ich bin einfach nicht mehr zurechnungsfähig.

Seit Nicoles Tod habe ich kaum geschlafen. Nichts hilft. Ich lege mich hin, mein Herz pocht, mir zittern die Beine. Ich sehne mich nach Schlaf, aber ich fürchte ihn auch, denn dann falle ich ins absolute Nichts.

Donnerstag.

Langsam frage ich mich, ob es in dieser Wohnung nicht spukt. Und das im XXI. Jahrhundert! Gerade ist die Karaffe umgefallen, die wird man nicht mehr kleben können. Das Fenster stand zwar offen, aber als ich es schließen wollte, da habe ich doch gemerkt, dass draußen absolute Windstille herrschte. Nicht ein Grashalm bewegte sich. Ich muss hier weg, so schnell wie möglich!

Dann stelle ich fest, dass mir jemand die Milch wegschlürft. Na gut, vielleicht ist es Mitzi. Seit Nicoles Tod benimmt auch sie sich ziemlich eigenartig. Doch selbst wenn Mitzi es fertig bringt, aus meiner Tasse zu trinken, so kann sie mir unmöglich ein Glas Leitungswasser ans Bett bringen! Ich weiß genau, dass mein Glas am Abend leer war, am nächsten Morgen steht es wieder gefüllt auf dem Nachttisch. Ich traue mich gar nicht zu trinken, was, wenn man mich nun vergiften wollte? Oder bin ich etwa Nachtwandler?

Auf jeden Fall stimmt mit mir etwas nicht.

Gestern Nacht hatte ich kaum die Augen geschlossen, als sich plötzlich ein Gewicht auf meine Brust senkte. Ich konnte gar nicht atmen. Wahrscheinlich bin ich bloß überspannt, aber da bildete ich mir ein, es sei ein Vampir, der sich auf mich legte, mich mit seinen Haaren und Fingern erstickte, mich gierig in den Mund biss. Ich schwöre, es fühlte sich so an, als wollte mir dieser Vampir das Leben von den Lippen trinken! Ich rang nach Luft, nur mit Mühe gelang es mir, die Augen aufzureißen: Endlich war die Nacht vorbei! Mir war so schrecklich kalt, dass ich dachte, ich sei gerade gestorben. Ich hoffe, es war nur ein ganz harter Asthmaanfall, aber ich befürchte das Schlimmste. Wäre sie noch am Leben, würde mich Nicole in ihren Armen halten und beruhigen: «Aber nein, du bist gar nicht verrückt», würde sie zu mir sagen, «nur ein bisschen gaga!» Oder: «Ach, Quatsch! Zu viele Horrorfilme gesehen!»

Freitag.

Gestern Abend habe ich die Nachbarin besucht. Diese Julia ist sterbenslangweilig, da hilft nur Bier, viel Bier. Zu Hause habe ich mich vor den Spiegel gestellt – schon wieder –, als das Parkett hinter mir zu knarren begann. Sofort hatte ich den Eindruck, nicht allein im Zimmer zu sein. Mitzi zählt nicht, sie lag einfach faul auf dem Sofa herum ... Immer deutlicher spürte ich diese seltsame Gegenwart in meinem Rücken. Aber sehen konnte ich sie nicht, egal, wie sehr ich mich auch anstrengte, mir sind fast die Augen rausgefallen bei dem Versuch, sie zu erspähen. Es hat nichts gebracht, außer riesengroßen Pupillen, wie damals, als ich Ecstasy probiert habe. Vielleicht habe ich in meinem kurzen Leben sowieso zu viele Drogen genommen. Das würde auch erklären, wieso ich auf einmal im Spiegel verschwunden war. Ist das nicht unfassbar? Der Spiegel war einfach leer! Als habe sich das «Etwas» zwischen mich und den Spiegel gestellt. Grausig war das! Ich traute mich nicht von der Stelle, denn vor mir stand womöglich dieses Monstrum, der Vampir. «Okay, Junge! Du bist besoffen!», sagte ich mir immer wieder. Wenn man schizophren ist, sollte man auch keinen Alkohol trinken.

Später tauchte mein Spiegelbild wieder auf, erst verschwommen, dann wurde es immer klarer. Das hätte mich beruhigen sollen. Doch als ich mich umdrehte, entdeckte ich eine Art durchsichtigen Schatten. Ein *Alien*! Ich wollte die Flucht ergreifen, konnte mich aber nicht vom Fleck rühren.

Dieses Etwas will mich umbringen, daran besteht kein Zweifel. Dieses Etwas will, dass man mich für immer einsperrt. Als ob ich nicht genug Ärger hätte!

Am Ende bin ich doch noch rausgerannt, Mitzi immer dicht auf den Fersen.

Für all das gibt es nur eine Erklärung: Verfolgungswahn! Bald werde ich mit Antennen an der Kappe herumlaufen, wie der übergeschnappte Alte, den Nicole und ich immer ausgelacht haben. Das ist die Strafe für unseren Spott!

Ich weiß Bescheid, sage mir: «Junge, es ist um dich geschehen, jetzt bist du endgültig und unrettbar verrückt!» Ich habe Angst vor mir selbst, Angst vor der Angst, Angst vor meinem debilen Geist.

Sonntag.

Habe die Eingangstür von innen verriegelt. Alle Fenster vernagelt. Gehe nicht mehr aus dem Haus. Habe überall nachgesehen, unterm Bett, hinterm Schrank, in der Waschmaschine.

Gebracht hat es nichts. Jede Nacht ringe ich um Luft. Dieses «Etwas» will von mir Besitz ergreifen. Ich spüre es immer deutlicher.

Dieses Etwas ist mein Wahnsinn! Morgen schon werde ich fremde Menschen auf offener Straße anfallen … eine Gefahr für die Öffentlichkeit … sie werden mich wegsperren … ich sollte besser Schluss machen.

Morgen schon lasse ich mich in die Psychiatrie einweisen. Kindheit im Waisenheim, Jugend in der Klapsmühle, jetzt fehlt nur noch der Altenknast! Sicher ist nur eins: Zu viel Freiheit werde ich nicht genossen haben. Und zu viel Liebe auch nicht.»

Adieu

Als Gespenst für ein Hirngespinst gehalten zu werden! Geliebter Sunny, nicht du, sondern ich habe versagt. All meine Chancen verspielt. Geister sind eben nicht unbedingt geistreich.

Mir blieb nur ein Ausweg: endgültig aus Sunnys Leben zu verschwinden. Nach meiner Flucht aus unserer Wohnung sah ich ihn nie wieder. Seitdem warte ich sehnsüchtig auf Erlösung. Solange halte ich mich auf Flughäfen auf. Vielleicht wird mich eines Nachts ein Flugzeug ins Nirwana bringen.

An alle, denen ich meine traurige Geschichte erzählt habe: Bitte, denkt an mich und wünscht mir diesen Flug ohne Wiederkehr.

Burgundische Hochzeit

Seit zwei Jahrzehnten lebte ich als B-Movie-Schauspielerin in Berlin, ging jede Nacht aus, hatte Hunderte von Bekannten und jeden Morgen einen dicken Kopf. Ein- oder zweimal im Jahr besuchte ich meine Mutter im französischen Burgund, die mich immer dazu zwang, sie zu einer alten Tante zu begleiten. Die Tante stank nach Kuhmilch, obwohl sie schon lange aufgehört hatte, Kühe zu melken. Sie war alt, einsam und krank. Im großen Bauernhof bewohnte sie nur noch ein Zimmer und eine Küche; die übrigen Räume, die Scheunen sowie die Gärten und Felder hatte sie verpachtet.

Während meine Mutter und meine Tante sich über Krankheiten unterhielten (ihr Lieblingsthema), erkundete ich den Hof und betrachtete mit städtischer Neugier die modernen Mähdrescher und die Traktoren. Manche Maschinen, deren Funktion mir unklar war, ähnelten Science-Fiction-Vehikeln. Die meisten Tiere waren verkauft worden, aber es liefen noch ein paar dicke weiße Hühner und bunte Zwerghähne herum, die dummen Köpfe stets in Bewegung. Die Kaninchen hatten neue Käfige bekommen, und ich sehnte mich nach den alten, mit Hühnerkacke voll geschmierten Holzkästen, die mein Onkel früher gebastelt hatte.

In einer Scheune, in der vor Jahren alte Schränke voller Vogelnester, Körbe voller staubiger Wolle und kaputte Strohstühle gestanden hatten, waren nun Motorpflüge und rote Anhänger aufgereiht. Hier hatten mein Bruder und ich damals «Verlobte» gespielt. Zwischen zwei Maschinen entdeckte ich einen jungen Mann, der konzentriert arbeitete. Ich gehöre nicht zu dieser Art

Menschen, die, selbst tatenlos, die Arbeit der anderen sexy finden. Aber hier handelte es sich eindeutig um eine Ausnahme, eventuell um Liebe auf den ersten Blick: Sah er nicht umwerfend aus, mit seinem blauen Overall, seinen Gummistiefeln? Dazu dichtes Karottenhaar und breite Finger, mit Wagenschmiere verziert.

So leise hatte ich die Scheune betreten, dass er mich gar nicht wahrnahm. Ich wurde nicht müde, ihn zu bewundern, die Art, wie er sanft die Riesenschrauben anfasste, seinen stillen Eifer, seine Konzentration. Sein Gesicht konnte ich lange nicht sehen, und ich war mir sicher, dass spätestens dann der Zauber gebrochen wäre: Ein Grobian würde mich angrinsen.

Eine junge Katze streifte mein Bein.

«Oh!», machte ich.

Schnell hob er den Kopf, sah mich, schnappte sich ein Tuch, mit dem er sich die Finger abwischte, und machte einen Schritt in meine Richtung. Doch dann hielt er plötzlich inne.

«Mademoiselle», sagte er nur, und seine Wangen erröteten bis zu den Ohren.

«Hallo!», rief ich. «Ich bin die Nichte meiner Tante.»

«Oh …», sagte er respektvoll.

Ich hielt ihm meine Hand entgegen. Als er sie drückte, merkte ich, dass die seine warm und schwielig war, und ich musste an die weichen Kinderhände all meiner Berliner Bekannten denken. Der junge Mann genierte sich, er suchte nach Worten. Ich kam ihm zu Hilfe und fing zu plappern an. Spielte die Kokette aus der Großstadt, was ihn sehr beeindruckte. Bald ekelte ich mich vor mir selber. Ich verstummte und sah ihm in die hellblauen Augen.

«Ist der Rasenmäher kaputt?», fragte ich nach einer Weile.

Seine Augen lachten. Natürlich konnte dieses Riesending kein Rasenmäher sein.

Ich drehte mich um und rannte weg.

In der warmen, mit Fliegen übersäten Küche fand ich meine Mutter und meine Tante immer noch tief im Gespräch.

«Ja, der Herr Doktor meint …»

«Wie heißt der Reparateur?», unterbrach ich sie.

«Philippe», antwortete meine Tante. «Er ist der Pächter, ein guter Junge, gut erzogen, hilfsbereit …»

«Philippe! *Mon prince is jealous!*», summte ich.

In den nächsten Wochen wunderte sich meine Tante, mich so oft zu Gesicht zu bekommen. Ich hatte mich Hals über Kopf verliebt. Nicht in sie natürlich. Bei ihr blieb ich nur immer ein paar Minuten, hörte mir die Jeremiaden an, las ihr die Beipackzettel irgendwelcher Medikamente vor und zog dann wieder los, auf der Suche nach Philippe. Oft konnte ich ihn nicht finden, weil er auf den weiten Feldern arbeitete und meine Tante mir keine nähere Auskunft gab. Sie bemerkte gar nicht, dass ich nach dem jungen Bauer süchtig war, denn ihr war klar, dass er bald eine junge Bäuerin heiraten würde. So würde es auch sein, dachte ich, aber die junge Bäuerin wäre dann ich! Mit meinen Chanel-Tiegelchen würde ich aufs Land ziehen und ein ganz neues Leben anfangen. Es gibt so viele Möglichkeiten der Lebensgestaltung. Warum sollte man sich auf eine bestimmte Form festlegen?

Ich war fast doppelt so alt wie er, aber dank Kosmetika, Yoga-Stunden, Müßiggang und der Unmengen hochprozentigen Alkohols, die ich in allen Lebenslagen hinuntergestürzt hatte, war ich sehr gut erhalten. Bestimmt wirkte ich jünger als die zwanzigjährigen Bäuerinnen, die mit Wollstrümpfen zur Sonntagsmesse marschierten.

Wie eine Besessene lief ich Hügel hoch und wieder runter, verlor meine Schuhe in den tiefen Furchen der Feldwege: auf der Suche nach meinem Bauern. Sobald ich seine Silhouette erblickte, rief ich seinen Namen, aber oft konnte er mich wegen der lauten Motoren nicht hören. Dann sah ich ihm bei der Arbeit zu, bis er mich endlich entdeckte, von seinem Traktor heruntersprang und sich zu mir ins Gras setzte. Statt mich bei meinem Vornamen zu nennen, sagte er immer Mademoiselle zu mir. Er war sehr charmant.

«Was für schöne vergissmeinnichtblaue Augen!», gratulierte ich ihm.

Er senkte den Kopf, um sein Lächeln zu verbergen, pflückte eine Mohnblume, öffnete ihre Knospe, zog einen roten Flamencorock hervor, den er sorgsam glättete. Dann reichte er mir die Blume, ich steckte sie ins oberste Knopfloch meiner Bluse und kam mir dabei schon verwegen vor.

«Wie wäre es mit uns?», hatte ich des Öfteren Männer gefragt. Nun kam mir mein vergangenes Leben vor wie ein schlechtes Boulevardstück. Das hier war anders. Ich wollte nicht den ersten Schritt tun. Zwar redete ich ununterbrochen, während er meistens schwieg und abwechselnd rot und weiß wurde, aber eins stand fest: Er würde mich küssen müssen, so wie Hunde auf Hündinnen springen und Bullen auf Kühe.

Nach einer Woche geschah es dann endlich. Länger als sonst hatte er meinem Blick standgehalten, und plötzlich spürte ich seine heißen Lippen auf meinem Mund. Die Sehnsucht war so intensiv gewesen, dass wir uns minutenlang festhielten, uns im Feld rollten und dabei ununterbrochen küssten. Danach wussten wir nicht, was wir sagen sollten. Ganz verwirrt sprang ich auf, glättete meinen roten Rock und lief weg. Aber ich hatte mich noch einmal umgedreht, um ihm zuzuwinken: Adieu, au revoir. Nach allem, was er mit mir angestellt hatte, würde er mich heiraten müssen!

Im Berliner Ego-Club erzählte ich von meiner Verlobung, ein Glas Wodka in der Hand, umringt von Starlets mit Strassohrringen und meinen üblichen Partybegleitern, einer Bande junger homosexueller Männer, die mich entweder «originell» oder «sehr witzig» fanden.

«Uh!», riefen sie und rissen die Augen weit auf. «Und wie haben seine Eltern darauf reagiert?»

Während ich die kleinen Alten mit vernichtenden Kommentaren beschrieb, gluckten sie vor Lachen und hielten sich die Hand vor den Mund.

«Wir wollen kommen, wir wollen alle kommen! Bitte, bitte, du musst uns alle einladen!»

Doch das kam für mich nicht in Frage. Mit den gesellschaftlichen Anlässen ist es wie mit dem Kochen: Man kann nicht wahllos irgendwelche Ingredienzien in denselben Topf werfen. Am Ende durfte mich nur mein alter Freund Oskar, ein miserabler Drehbuchautor, nach Frankreich begleiten, um die Rolle des Trauzeugen zu übernehmen.

An die Hochzeit konnte ich mich später kaum noch erinnern. Sie geschah wie im Nebel, ich war zerstreut.

Philippes Familie hatte darauf bestanden, dass wir in der Kirche heirateten. Für Religion hatte ich noch nie etwas übrig. Als Kind las ich bei der Heiligen Messe *Mickey-Mouse*-Heftchen und spottete über meine Schwester, die jeden Abend am Bettrand betete. Ich mochte Gott einfach nicht, weil Bärte mir große Angst einjagten. In meinen Albträumen erschienen böse Wesen mit langen Bärten, erhobenem Zeigefinger und strafendem Blick, die mich wegen Kinderdummheiten in dunklen Gewässern ertränken wollten.

Aber von mir aus. Mir war alles recht. Die Hochzeit war mir vollkommen egal, ich wollte nur verheiratet sein. Um mit meinem neuen Leben anzufangen. Trotz meiner Bemühungen fand mich Philippes Familie «skandalös», und ich wollte nicht, dass er sich wegen meiner Gottlosigkeit mit ihnen stritt, denn er liebte diese kleinlichen Spießer. Und manchmal befiel mich die dunkle Ahnung, dass er eines Tages ihren Trost brauchen würde.

Meine erste Idee, ein weißes Miniröckchen und hohe weiße Stiefel zu tragen, hatte ich verworfen und schritt nun in einem langen weißen Spitzenkleid zum Altar. Der Hochzeitsausstattung fehlte nichts, weder die Handschuhe noch das Blumenbouquet, noch der lange Schleier. Lediglich auf die obligatorische Hochsteckfrisur hatte ich verzichtet.

Durch meinen Schleier warf ich verstohlene Blicke auf das ernste Gesicht meines Onkels Léon, der meinen verstorbenen Vater vertrat und mich zum Priester führte. Weit hinter mir hing Philippes verzweifelte Mutter am Arm ihres bald verlorenen Sohnes. Ich drehte mich nicht nach ihm um, spürte aber seine Anwesenheit, und es war, als ob ein Liebesstrahl von ihm ausging, der die ganzen Gäste durchbohrte, um mich direkt ins Herz zu treffen. Während aus dem Harmonium eine feierliche Melodie erklang, fühlte ich nichts als reines, tiefes Glück. Dann bekam ich plötzlich so etwas wie eine Erleuchtung und spürte förmlich Marias strahlende Gegenwart. Wahrscheinlich nur eine Sinnestäuschung, erzeugt durch das Streicheln des Seidenunterrocks auf den nackten Beinen, das tanzende Muster der Kerzenlichter durch den Schleier, die Kühle der düsteren Kirche, das rote Gesicht des Priesters in seiner schwarzen Robe und diesen Reigen kleiner Mädchen in Weiß: meine frechen Nichten, gerade nicht wiederzuerkennen, unschuldige Schäfchen, still zum Altar gleitend, bereit, ihren kleinen Jesus aufzuessen und plötzlich ernst, weil sie sich sorgten, ob die Hostie am Gaumen kleben würde.

Im Standesamt war ich genauso geistesabwesend. Der Körper eine leere Hülle, die Rede des Bürgermeisters unverständlich, die Gäste wie Vampire, der Bräutigam plötzlich fremd. Er trug einen Anzug aus dunkelblauem Samt. Seine roten Haare schimmerten im einzigen Sonnenstrahl, der beherzt den Staubnebel im Standesamt durchdrang. Bei jedem Spruch des Bürgermeisters, dessen Stimme von weit her zu kommen schien, lachte Philippe ein bisschen, und ich empfand seine Freude als befremdend, sogar leicht vulgär. Als er sich zu mir neigte, um mich vor allen Augen zu küssen, hatte ich das vage Gefühl, diesem Mann schon zuvor begegnet zu sein.

Erst als wir draußen standen, in der strahlenden Sonne, im Reisregen, kam ich wieder zu mir. Auf einmal fielen mir alle Happy Ends der Hollywood-Filme ein, die ich als Kind mit einem Taschentuch in der Hand gesehen hatte.

«Happy End, das ist mein Ende!», dachte ich verzweifelt.

Aber dann sah ich, wie Philippe sich schüttelte wie ein junger Hund – Reiskörner waren ihm in den Kragen gefallen –, und auch ich begann, mich zu schütteln. Es war ein absurder Tanz, ein lustiger Flohtwist, und ich rief: «Schnell! Champagner trinken!»

Der Zug setzte sich in Gang. Paarweise schritten die Gäste voran, für eine Weile von neugierigen Dorfbewohnern begleitet, die «Es lebe die Braut!» riefen. Die Braut indessen spielte ihre Rolle hervorragend und lächelte den Dummköpfen lieblich zu.

Bald waren wir im Garten meiner Mutter angelangt, wo uns schon der Fotograf erwartete. Ungeduldig zertrampelte ich die Blumenbeete, denn ein großer Durst quälte mich. Man brauchte kein Experte zu sein, um sich auszumalen, wie hässlich die Bilder werden würden. Nichts war dem Fotografen zu banal, und so mussten wir abwechselnd Händchen haltend auf der Plastikbank sitzen, uns im Profil vor den Rosenstrauch hinstellen und unsere Nasen in das Blumenbouquet stecken.

Nach dem Aperitif liefen wir zur «Alten Wassermühle», in der seit zwei Tagen rund um die Uhr gekocht wurde.

Die Kühe wurden Zeuge des Hochzeitszugs, der langsam entgleiste. Manche Gäste torkelten bereits.

Der eigentliche Skandal geschah erst am späten Nachmittag. Seit Stunden wurde gespeist: Portweinmelonen, Pasteten in Kruste, Lachse in Gelee, Schinken in Blätterteig, Lammkeulen mit Dauphin-Kartoffeln, Kalbsbraten mit Prinzessbohnen, Enten mit Orangen, Hähne in Wein etc. ... Nach jedem Gang gönnte man sich ein «trou normand»: Ein Calvados wurde rasch hinter die Binde gegossen, mit dem Ziel, die bereits verschlungenen Speisen «einen Stock tiefer» zu schicken, um Platz für die nächsten zu schaffen. Das Menü war zwanzig Zeilen lang, und da wir erst bei der zehnten waren, würde es noch Stunden dauern, bis das norwegische Omelett und die «pièce montée» (der zwei Meter hohe Baumkuchen) hereingebracht würden. Alle waren ziemlich betrunken, besonders die Männer, die schon aufstanden, um anzügliche Witze zu erzählen und schmutzige Lieder zu singen. Mächtige Gelächterwogen begleiteten die derben Anspielungen auf die bevorstehende Hochzeitsnacht. Hin und wieder wurden kleine Kinder gezwungen, Abzählverse vorzutragen. Rot im Gesicht zierten sie sich und tanzten von einem Fuß auf den anderen, während alle um sie herum sie ermutigten und die Eltern langsam böse wurden: «Also, stell dich nicht so dumm an, sing, sonst kriegst du eine hinter die Ohren!»

«Das Strumpfband! Das Strumpfband!», riefen schließlich verschwitzte Kerle mit hochgekrempelten Ärmeln.

«Hast du an das Strumpfband gedacht?», flüsterte mir Philippe zu.

Was für ein Strumpfband? Ach! Auch das noch! Mir blieb wirklich nichts erspart.

«Ich hab es, ich hab es dabei!», verkündete Philippes Mutter, ohne die alles schief gelaufen wäre. «Zieh es ihr an!»

Nun krabbelte Philippe unter den Tisch und unter meinen langen Rock, während sich alle vergnügt auf die Schenkel klopften.

Als Philippe mit scharlachrotem Kopf wieder neben mir auf dem Stuhl saß, war der angenehme Teil dieses lächerlichen Brauchs beendet. Nun sollte ich auf den Tisch klettern und das schwiegermütterliche Strumpfband zum Verkauf anbieten. So will es die wilde Sitte. Lasziv oder schüchtern zieht die Braut ihren Rock höher und höher und zeigt ihr hübsches Bein. Für jeden Zentimeter Fleisch bieten die Männer mehr Geld. Bis endlich das Strumpfband zum Vorschein kommt. Das muss sie dann dem Sieger zuwerfen. Und Applaus, Applaus.

«Ich will es nicht verkaufen», sagte ich entschieden.

«Sie ist ja eine ganz Stolze», kommentierte ein Cousin.

«Na, mit dem Bauernhof hat sie das Geld ja auch nicht nötig», sagte eine Tante gehässig.

Andere sahen mich überrascht an. War ich allem Anschein zum Trotz prüde? Oder hatte ich etwa Krampfadern?

«Stadtmenschen ...», meinte mein blasierter Schwiegervater.

«Wenn sie es nicht verkaufen will», brabbelte Philippe, «dann ... muss sie es nicht verkaufen ...»

Bevor die lauten Buh-Rufe verhallen konnten, stieg ich doch auf den Tisch. Wie beim Cancan zog ich mir das Kleid bis zum Höschen hoch, warf das besagte Bein in die Höhe, zerriss das Band und schleuderte es in den Raum, den ich daraufhin verließ, dicht von meinem alten Freund Oskar gefolgt.

«Ich weiß nicht», sagte er, als wir draußen standen, «ich kann einfach nicht begreifen, was du an dem Burschen findest!»

«Das beweist, dass du keine Fantasie hast. Deswegen sind deine Drehbücher immer so ...»

«Weißt du», unterbrach er mich, «dass Hans Dieter sehr traurig ist, seit du abgehauen bist?»

«Ach, der? Das glaube ich dir nicht.»

«Ist dir auch so schlecht von dem *großen Fressen*?», fragte er.

«Und wie!», lachte ich. «Und erst von dem ganzen Champagner!»

Die lauwarme Luft wirkte erholsam, und Oskar schlug einen Spaziergang in den Wald vor. Dort fragte er mich aus. Aber nur, weil er es sich in den Kopf gesetzt hatte, eine Geschichte mit dem Titel «Burgundische Hochzeit» zu schreiben. Er holte ein Heftchen hervor, in das er Notizen machte. So vergingen lange Stunden.

Erst als wir zurückkamen und mit feindseligen Blicken empfangen wurden, begriff ich, dass ich wieder einen Fauxpas begangen hatte.

«Ja, du bist mir eine schöne Braut!», warf mir meine Mutter vor. «Sieh dir dein Kleid an!» (War ich vielleicht wieder fünf Jahre alt?) «Nun geh zu ihm! Aber schnell!»

Stumm saß Philippe in einer Ecke des Saals und schaute auf seine Handflächen. Plötzlich tat er mir unendlich Leid, ich rannte zu ihm, um ihn in die Arme zu schließen.

Ein Cousin brachte ihm einen Likör.

«Siehst du?», klopfte er ihm ermutigend auf die Schulter. «Da ist sie ja wieder!»

«Wie konnte ich in diesen elenden Zirkus geraten?», lallte Philippe traurig. «Natürlich, weil ich ein Clown bin.»

Die üblichen Verdächtigungen … Welch ein dummes Missverständnis! Nachdem ich mich mit Oskar aus dem Staub gemacht hatte, wurde wahrscheinlich gemunkelt, dass er mein Berliner Geliebter war. Es waren auch ein paar geschmacklose Bemerkungen über eine «ménage à trois» gefallen. Die treuen Ehefrauen, neidblass vor so viel Unverschämtheit, hatten ihrer

Fantasie freien Lauf gelassen und sich an Vorstellungen von durchwühlten Laken in schmutzigen Hotelzimmern, Autos mit Liegesitzen, Gebüschen und Heuhaufen ergötzt. Mit dem Heuhaufen hatten sie allem Anschein nach richtig getippt, denn hatte sich nicht ein trockener Grashalm in meinem Haar verfangen? Zunächst hatte man voller Mitleid mit Philippe getrauert, aber da er nur wortlos dasaß und keine Gefühlsregung zeigte, wollte man sich nicht länger die gute Laune vermiesen lassen und war wieder tanzen gegangen.

«Oskar ist schwul», log ich. Dann küsste ich Philippe auf die tränenfeuchten vergissmeinnichtblauen Augen.

Hätte ich ihm erzählt, dass ich am Tag meiner Hochzeit im Wald verschwinde, um einem alten Freund ein Interview zu geben, hätte er mir nicht geglaubt. So etwas gibt es auf dem Land nicht.

Von weitem warf mir die Mutter des Bräutigams Giftpfeile zu.

«Oskar … schwul?», wiederholte er verwundert und sah in dessen Richtung. «Man sieht es ihm aber doch gar nicht an!»

«Natürlich steht es ihm nicht auf der Stirn geschrieben!» Lächelnd zog ich ihn hoch. «Komm! Unsere Hochzeitsnacht!»

Arm in Arm ließen wir verdutzte, in all ihrer Neugierde frustrierte Zuschauer zurück, die aber bald im Schnaps ihren Trost fanden und später freiwillig auf einen anderen albernen Burgunder Brauch verzichteten, den des Pisstopfs: In der Hochzeitsnacht stürmen die Gäste das Zimmer der frisch Vermählten und zwingen sie, Sekt aus einer «Nachtvase» zu trinken, in der Scheiße aus Schokolade herumschwimmt. Auf dem Boden des Pisstopfs ist ein großes Auge gemalt, das so genannte «Auge von Moskau».

Wirklich schade, denn nachdem Philippe mir seine wilde Liebe bewiesen hatte, hätte ich gern etwas Champagner getrunken. Mit oder ohne Schokolade.

Am nächsten Morgen sah ich Oskar wieder.

«Sieh mal …» Er reichte mir sein Notizheft. «Den ersten Satz habe ich schon: *Mit 40 heiratete sie, mit 40,5 war sie geschieden.*»

Deutlich spürte ich in mir den Wunsch, intensiver zu leben. Das wiederum führte zum Ehebruch.

LA FIN

DJs, Rockstars, Mörder

«Hallo, Suzy? Ich bin's, Lola! Lange nichts mehr von dir gehört. Hast du nicht Lust, vorbeizukommen?»

Lola ist von Musik besessen, von Musikern aber noch mehr. Sie war schon immer ein Fan, ein Groupie. Zwar spricht sie immerzu davon, Sängerin zu werden, doch dieser Traum hat sich bis jetzt nicht realisiert. Wahrscheinlich liegt es daran, dass ihr nach all diesen Sexabenteuern gar keine Zeit mehr zum Singen bleibt.

«Nein, ich bin umgezogen. Karl-Marx-Allee 21, ganz oben. Bei B. B. klingeln … Boris Bertram. Der *Kosmos*-Sänger, ja, genau. Bis gleich!»

Ist das wahrhaftig Boris Bertrams Wohnung, in die ich gerade eingetreten bin?

«Ja, stell dir vor! Seine Wohnung. Und ich, ich bin seine Freundin! Noch bevor ich ihn kennen lernte, habe ich all seine Platten gekauft!»

Neugierig sehe ich mich um. Poster, Schallplatten bis unter die Decke, schwarze Ledercouch, alles eher modern, nicht gerade aufregend … Lola sieht aufregend aus!

Ich frage, ob das vielleicht ein Veilchen ist, was sie da am Auge hat.

«Och! Es ist nichts! Ich hab mich an dem blöden Badeschrank gestoßen! Gestern Nacht! Schon wieder breit! Es war einfach too much!»

Obwohl sich Lola kein bisschen schont, sieht sie immer frisch aus. Dazu trägt sie meistens so ausgefallene Sachen. Sie hat eben ihren eigenen Stil. Zieht Kleider an, die überhaupt nicht zueinander passen, und das Endergebnis ist umwerfend!

Jetzt zeigt sie mir ihre neuen Piercings, ihre neuen Tattoos, führt mich in ihre «Umkleide» – ein ganzes Zimmer voller Klamotten! Manche lässt sie mich anprobieren, doch ich komme mir darin vor wie eine verkleidete Ente. Im Spiegel sehe ich zwei albern grinsende Teenager, die ihre Pullover verkehrt herum tragen und Röckchen über den Hosen.

«Neuerdings trage ich öfter Schwarz. Wirkt schön tragisch, oder? Und macht mich noch schlanker! Boris ist älter als ich, weißt du? Und manchmal irrsinnig altmodisch! *Eine Frau ohne Pelz ist keine richtige Frau!* Der hat mir diese Bisamratte gekauft. Fass an! Ist das nicht total soft? In Holland wurde ich deswegen von militanten Veganern attackiert! Ein Hakenkreuz wollten sie mir auf den Rücken sprayen! Aber Boris hat es ihnen ausgeredet. Und wie!»

«Sollen wir was trinken? Willst du Pisse trinken? Na, guck doch nicht so! Das ist nur Wodka mit Apfelsaft … Ich und Boris, wir haben immer spezielle Namen für Drinks! Er säuft ziemlich viel! Aber das muss er, weil er viel zu sensibel ist für diese Welt …»

Leider vertrage ich gar keinen Alkohol, tue dann Dinge, an die ich mich am nächsten Tag nicht erinnern kann. Lola entdeckt eine Flasche Prosecco im Kühlschrank, die sehr schwer aufzumachen ist. Wir drehen am Korken, ziehen mit einer Zange daran, bearbeiten ihn mit Hammer und dicken Nägeln, nichts hilft! Wir schütteln die Flasche, vergebens! Anschließend klingeln wir beim Nachbarn, und er schafft es ganz locker, wird dabei nur leicht begossen.

«Es ist so inspirierend, mit einem Künstler zusammenzuleben. Manchmal brodelt es nur so aus ihm heraus. Dann heißt es: stillhalten, den Komponisten in seiner schöpferischen Phase nicht stören. Ich koche ihm leichte Kost, arm an Kalorien, reich an Vitaminen. Kennst du dieses Büchlein von Anna Wilton? Ganz einfach nachzukochen, für Idioten geschrieben. Auf Künstler musst du dich vollkommen einstellen. Sie sind wie Kinder mit schwer erziehbaren Gefühlen. Extreme Wesen mit extremen Emotionen! Künstler eben. Ich bin seine Muse. Ich kriege doch mit, wie er mich immer wieder beobachtet. So versucht er, mein Geheimnis zu ergründen. Und ich bin mir ganz sicher, sein letzter Hit *Cool Behind Her Sunglasses* war von mir inspiriert.»

Sie setzt sich eine coole Sonnenbrille auf das Näschen und guckt plötzlich ganz ernst.

«Und ich kann dir gar nicht erklären, wie warm mir ums Herz wird, wenn ich mir das Lied anhöre. Warte, ich spiele es dir vor!»

Hektisch wühlt sie in den Regalen, wirft Platten über die Schulter – zum Glück landen sie auf den Teppich – und regt sich auf.

«Mist! Seitdem er aufgeräumt hat, findet man nichts mehr! Aber hier! Das ist ganz neu. Eine heiße Nummer! *Hot Number!* Damit bin ich gemeint!»

Nun steht sie auf und bewegt sich langsam durch den Raum. Ich bin schwer beeindruckt. Schnell greife ich zum Plattencover:

Boris Bertram trägt eine unglaublich enge Hose, die seine körperlichen Vorzüge betont. Ich kann nicht umhin, Lola zu beneiden. Auch sie beugt sich herunter, um den Rocker zu bewundern.

«Hat er nicht einen hübschen Kussmund? Sag, sag schon!»

Auf dem Foto wirkt sein Mund vor allem arrogant, wie überhaupt der ganze Gesichtsausdruck. Aber was wäre ein Star ohne Allüren? Wie mein Friseur immer sagt.

«Du musst es dir so vorstellen: Für uns ist die Welt, wie sie nun mal ist. Aber für ihn! Eine Quelle ständiger Inspiration! Immer wieder erlebe ich, wie er in der Kneipe nach einem Bierdeckel greift, nach einem Stift fragt, und dann notiert er ein paar Sätze … Und daraus entstehen die Verse, die seine Fans zum Kochen bringen. Warst du je auf einem Konzert von ihm? Nein? Das nächste Mal lade ich dich ein. Du kommst auf die Gästeliste, kein Problem … Er hat diesen Magnetismus. Wie sie sich den alle ansehen, sobald er auf der Bühne steht, das ist ein Irrsinn! Dagegen wirken die anderen Bandmitglieder wie aus Pappmaché. Er ist ein halber Gott! Ein Typ wie Jim Morrison. Er hat dessen Charisma. Braucht aber nicht extra zu sterben, um zur Legende zu werden! Pinkelt auch nicht gegen den Tresen, weil er zu faul ist, aufs Klo zu gehen … Sonst hat er absolut diese faszinierende Kaputtheit. Er weiß, dass sich das alles gar nicht lohnt, und das bringt er rüber. Aber mit Klasse! Was ich auch gut finde, ist seine Integrität. Zwar hat er einen Deal mit einem großen Label, aber er verpasst keine Gelegenheit, seinen Plattenboss ins Lächerliche zu ziehen. Er ist eben ein Rebell. Hast du ihn bei der *Bow-Waoh-Show* gesehen? Zuvor war er ganz aufgeregt und hat sich eine Menge *Gin Sperma* hineingekippt. Aber dann! Ganz souverän. Selbstsicher. Humorvoll. Er hat so viel Humor, das kannst du dir kaum vor-

stellen! Ich muss schon eine doppelte Schicht Nachtcreme auftragen, damit ich keine Lachfalten kriege!»
Durch die offene Tür zum Schlafzimmer werfe ich einen verstohlenen Blick auf das Bett, das von wilden Nächten zeugt. Es ist über und über mit Brotkrümeln besät.

«Geht's dir gut? Willst du TV gucken? Willst du einen Saft? Chips? Meistens können wir nicht mal ein Pfund Kartoffeln kaufen gehen, ohne dass irgendein Fan Boris anquatscht. Aber dann hat er immer diese Engelsgeduld. Und seine Autogramme gibt er auch auf Geldscheine oder verdreckte Jeansjacken. Bei der nächsten Tour bin ich dabei. Nicht einen Tag will Boris mehr ohne mich verbringen. Auch wenn er dafür ewig mit seiner Band diskutieren musste, denn bei ihnen gilt die Regel: Keine Weiber auf Tour! Aber natürlich haben sie Affären, so ist das nun mal üblich bei Bands. Stell dir vor, an der Abendkasse steht ein Typ, der nur die Aufgabe hat, für die After-Show-Party im Backstage Mädchen aufzutreiben. Die müssen schon achtzehn sein, aber nicht viel drüber, weder zu dick noch zu dünn … Sogar der hässliche Bassist mit seinen Furunkeln im Gesicht gabelt sich jeden Abend eine Neue auf. Boris aber hat keine Lust mehr zu so was. *Das ist so leer, so öde!*, sagt er. Und wer weiß, wie oft er sich schon Tripper eingefangen hat!»

Was? Kein Safer Sex? Das Leben eines Rockstars ist wirklich gefährlich!

«Beim letzten Konzert durfte ich schon mit. In Stockholm. Wir hatten eine fantastische Suite, ließen den *room service* kommen, badeten in Sekt! Als wir am nächsten Morgen wieder wegfahren wollten, ganz früh, lauerten schon die Fans und Presseleute auf uns. Seine Ehefrau muss geplatzt sein, als sie uns in der Zeitung entdeckt hat! Aber eigentlich ist sie ganz nett. Ich habe sie auf einer Party kennen gelernt. Sie war nicht einmal böse auf mich. Meinte nur, es hätte mit deren Chemie nicht hingehauen.» Obgleich ich Boris Bertrams Frau in irgendeiner Klatschzeitschrift gesehen habe, kann ich mich an ihr Gesicht nicht mehr erinnern.

«Er ist manchmal so zappelig. Hatte eine schwierige Kindheit. Sein Vater war Fallschirmjäger, das musst du dir vorstellen! Ein Despot! Jetzt ist Boris endlich frei. Er möchte sich mit seinen Freunden treffen und amüsieren, wenn er Lust dazu hat. Seine Freunde äffen ihn nach. Alle tragen die einen Goldohrring am linken Ohr. Sie haben herausbekommen, wo er sich seine Lederjacken schneidern lässt, und ... Komm! Probier an! Die ist von ihm! Waoh! Dir steht Leder! Wenn du meine Meinung hören willst: Du solltest deinen Look komplett ändern. Zu brav wirkst du. Zieh meinen Pulli aus, der ist sowieso falsch rum! Spür das Leder auf deiner nackten Haut! Ist das nicht geil? Merkst du es nicht? Das ist es!»

Ich frage, ob sie nicht Lust hat, eine Mix-CD von DJ Okay aufzulegen. Mit DJ Okay war sie auch mal befreundet.

«Ach der! Ich war doch nur seine Alibifreundin. Eigentlich ist er stockschwul, wenn überhaupt! Mit mir hat er es nie richtig geschafft. Ein Narr: *I am okay! I am discjockey!* Okay, lass uns das hören! Wie der *scratcht* und *pitcht!* Boris kann ihn nicht ausstehen! Wie ich es so lange mit Okay aushalten konnte, ist mir heute noch ein Rätsel. Ich glaube, es ging mir hauptsächlich darum, die Leute zu beeindrucken. Wenn ich die Geliebte einer solchen Berühmtheit sein konnte – unter 5000 Euro hat er nicht aufgelegt –, dann musste ich allerhand wert sein. Heute kommt mir all diese Zeit verloren und verlogen vor. Insgeheim sehnte ich mich eigentlich nur nach dem, was ich jetzt bekomme: wahre Liebe, *Amour fou!* Das musst du dir vorstellen! Boris bringt mir Frühstück ans Bett! Jeden Nachmittag! Nennt mich seine Barbie-Puppe! Ist das nicht irre komisch? Die wildesten Phantasien leben wir aus! Uns ist alles recht. Er bindet mich an der Balkonbrüstung fest, peitscht mir den Popo aus, pisst mir sonst wohin! Mit ihm wird das Leben zum Film! Aber dieser DJ! Unglaublich! Einmal kam ich zu ihm nach Hause, und er hatte sich als Frau verkleidet. Als Frau, was sage ich? Als alte Tante! Keine Ahnung, wo er diesen verwaschenen rosa Unterrock herhatte! *Spooky!* Und ich tat so, als ob es mir gefallen würde. Weit gefehlt … Aber bei Boris habe ich das sichere Gefühl: Ein Mann hält mich fest. Ein Mann. Mit allem dran. Kannst du das nachvollziehen? Mit wem gehst du denn zurzeit aus? Ach, mit Alex. Ein netter Typ, ja. Nicht umwerfend sexy, aber … wahrscheinlich sehr einfühlsam. Sag mal, dieser Alex, ist er nicht einfühlsam?»

Ich weiß nicht, was ich antworten soll. Alex ist soft, das schon, irgendwie. Aber einfühlsam?

«Boris ist wahnsinnig eifersüchtig. Ich darf nicht einmal mit alten Kumpeln reden, da wird er schon zum Berserker … Ich kann dir gar nicht beschreiben, wie sehr das mein Ego streichelt. Auch wenn ich immer auf der Hut sein muss, aber das wiederum beweist mir nur, wie exklusiv seine Liebe zu mir ist. Mich liebt er über alles. Es ist nicht jeden Tag einfach, wie du dir vorstellen kannst. Mir ist klar, wie empfindlich er ist, und ich versuche, ihn nicht zu verletzen. Aber ich bin ja auch wirklich kein Unschuldslamm gewesen! Für mich bedeutet es richtige Mathematik, dieses Gleichgewicht zu erhalten: meine alten Freunde nicht ganz zu verlieren, meine neuen nicht ganz zu enttäuschen. Er weiß kaum was von mir, von meiner Vergangenheit! Wenn er was wüsste, würde er ausflippen. Stell dir vor! Ich war die ganze

Zeit nichts als ein Groupie. Ging mit jedem Idioten aus, Hauptsache, er spielte in einer Band! Manchmal genügte mir schon ein Roadie, ein Möchtegern-Manager mit seinem Köfferchen! Schade, dass ich eine Hure war!»

Sie schlägt ein Notizheft auf.

«Irgendwann habe ich eine Liste angefertigt von allen Jungs, mit denen ich im Bett gewesen bin. Hier, siehst du? Drei Kategorien: *geschlafen, geschmust, gefickt.* Und weißt du, was das alles mir jetzt bedeutet?»

Mit Zeigefinger und Daumen bildet sie eine Null, dann lässt sie die Null mit einem kleinen Plopp davonfliegen.

«Als Musiker hört er sich gern Stille an. In der Stille hört er Töne, die wir gar nicht wahrnehmen. Also plappere ich nicht mehr so wie früher – zumindest versuche ich, mich zusammenzureißen. Deswegen freue ich mich so, dass du hier bist! Sollten wir uns nicht öfter treffen?»

Das nächste Mal würde ich gern für sie kochen, doch ich komme nicht dazu, ihr den Vorschlag zu machen.

«Er ist ein sehr gequälter Mensch. Kunst hat immer mit Schmerz zu tun, das habe ich jetzt gelernt. Ein wahrer Künstler empfindet den Schmerz der ganzen Menschheit und bringt ihn zum Ausdruck. Wenn er das nicht schafft, dann ist er nur ein Blender, eine Modeerscheinung, wie DJ. Okay zum Beispiel. Ihm ging's doch nur darum, die neuesten Markenklamotten zu tragen. Aber er hatte keine Substanz. Seine größte Sorge war doch immer: *«Wo kann ich am schnellsten Schokolade auftreiben?»*

«Willst du eine *line*? Nein? Also ich mach mir eine kleine, wenn du nichts dagegen hast. Habe ich noch von gestern übrig …»

Boris Bertrams Plattenhülle muss als Unterlage für das Kokain herhalten. Mit einem Küchenmesser zerhackt es Lola direkt auf der Visage ihres Freundes.

«Er ist genialisch, außerhalb jeder Norm! Ein Verdammter! Ich liebe ihn abgöttisch! Du weißt, dass mich nichts interessiert außer Leidenschaft. Ich wurde geboren, um geliebt zu werden! Ich bin sehr, sehr glücklich … Zwischen uns gibt es etwas, was man gar nicht ausdrücken kann …»

Wie ein Staubsauger schnüffelt sie das ganze Zeug auf einmal weg und trompetet mit ihrem Rüssel.

«… Ein stilles Einverständnis, eine umwerfende Harmonie, eine grenzenlose Präzision, ein Gefühlsbouquet, eine Apotheose, eine …»

Ich teile ihr mit, dass sie einen weißen Schnurrbart unter der Nase hat. Lachend wischt sie sich den Mund ab.

«Hast du Kaugummis? Nein? Scheiße! Weißt du was? Manchmal werde ich ganz irre. Im Bad finde ich weißes Zeug, ich denke, das ist Koks, pfeif mir das ein: Waschpulver! Peinlich! Aber Sex auf Koks ist das Allergeilste: Du kommst und kommst nicht!»

Plötzlich kommt er aber, Boris! Leibhaftig steht er vor mir. Und ich vor ihm, nackt unter seiner Lederjacke.

«Was ist das für eine Scheißmusik?»

Auf mich macht Boris den Eindruck eines derangierten Drogenfreaks, noch dazu betrunken bis zur Besinnungslosigkeit. DJ Okays Mix-CD will er auf die Straße werfen, bloß vergisst er, zuvor das Fenster aufzumachen. Dann flippt er aus, weil wir seine penibel nach Alphabet sortierten Schallplatten durcheinander gebracht haben. Ein Blick auf den Teppich – und er sieht rot, Schweißperlen bedecken seine Stirn (oder schmilzt ihm bloß die Frisiercreme weg?), der Nacken versteift sich, eine Halsader schwillt an …

«5000 LPs! Von A bis Z! Und mindestens genauso viele CDs!»

Ich darf mit ansehen, wie Lola das nächste Veilchen verpasst bekommt, diesmal am anderen Auge.

Dann reißt mir der Rocker seine Lederjacke vom Leib und schleudert mich aus der Welt des Rock 'n' Roll. Mein Kopf dröhnt so, als ob ich diejenige wäre, die k.o. ging.

«*Germany* is perfect»

Genau das habe ich Tante Cindy geschrieben, als ich nach Hamburg zog. Hello! Mein Name ist Fiona White, mein Deutsch is not the best, aber nicht schlecht für eine Engländerin. Ich komme aus Brighton, und, wirklich wahr, ich liebe Deutschland – besonders, seit ich mit meiner Freundin Mia in Brasilien war.

Als ich klein war, brachte mir Globetrotterin Tante Cindy immer Souvenirs von ihren Reisen mit. Mein Lieblingsgeschenk war ein Schwarzwaldhäuschen. Man konnte das Dach aufmachen, dann, magisch!, kam eine kleine Musik, «Stille Nacht» oder so was, und eine Tänzerin mit Dirndl und blonden Zöpfen drehte sich. Die war auf eine Feder montiert, die extrem quietschte: super sound!

Das Häuschen habe ich immer noch, leider tanzt die Tänzerin nicht mehr. Ihre Hände über dem Kopf sind bei einem Unfall abhanden gekommen. (Ich liebe die deutsche Sprache! «Abhanden gekommene Hände», isn't that cute?) Ich hatte meinen ganzen Schmuck ins Kästchen gesteckt und klappte das Dach zu, dann geschah das Unglück. Die Arme! Danach weinte ich stundenlang.

Tante Cindy fand meine Mummy «zu einfach gestrickt». Die wollte, dass ich wie sie werde. Kultiviert, originell, eine Künstlerin! Eine Abenteurerin, aber korrekt! Ich konnte noch nicht lesen, da schenkte sie mir ein Riesenbuch. Jeden Abend nahm ich es mit mir ins Bett. Ich war fasziniert von den Illustrationen: Die

Heldin Alice war ein hübsches Babydoll. Ich mochte auch sehr das weiße Kaninchen. Es rannte durch das ganze Buch mit einer Taschenuhr in der Hand. Aber die anderen waren richtig spooky: eine hässliche braune Maus, sie war so groß wie Alice!, eine blaue kiffende Raupe, eine diabolisch grinsende Katze, ein crazy Hutmacher, eine furchtbare Herzdame mit ihrer genauso schrecklichen Soldatengarde. Und dieser Henker mit seiner Kapuze war vielleicht gemein … Aber richtig widerlich fand ich dieses Fabeltier mit dem Kopf eines Adlers, dem Körper einer Ente, den Flügeln einer Fledermaus und den Füßen eines Löwen. Jahrelang attackierte mich dieser Jabberwocky in meinen Träumen.

Eines Tages nahm mir meine Mummy das schwere Buch weg. «Das ist der Grund für deine Bauchschmerzen!», sagte sie. Und sie gab mir ein leichtes Kindermärchen mit gut erzogenen Mustermädchen, die alle wie Puppen aussahen.

Auch Mia sieht aus wie eine Puppe. Sie hat ein charmantes Lächeln. Ihr kleiner Mund wird dann ganz breit, man sieht ihre Grübchen, und ihre Augen schließen sich fast, das gibt ihr einen asiatischen Touch. Das Einzige, was mich an Mia stört, ist ihre Manie, Hundebesitzer auf der Straße zu fragen: «Könnten Sie bitte die Hinterlassenschaften Ihres Tieres mit nach Hause nehmen?» Also, ich spreche nie mit fremden Menschen. Die meiste Zeit sehe ich sie nicht mal. Aber trotzdem habe ich Mitleid: Einmal pro Tag gebe ich einem Armen eine Münze oder einer verlorenen Katze eine Tasse Milch.

Mia ist viel netter als die anderen deutschen Mädchen. Die sehen mich immer so an, als käme ich vom Mars. Ich habe eine sehr blasse Haut und muss mit der Sonne aufpassen, so ist Hamburg für mich die optimale Stadt! Und ich liebe die kühle Atmosphäre, die klaren Straßen mit den vielen Glashäusern. Als ich von Brighton nach Hamburg gezogen bin, habe ich beschlossen, meinen Look zu betonen. Also habe ich meine hellroten Haare zuerst blond gefärbt und dann weiß. Auf einmal sahen meine Sommersprossen ziemlich strange aus, ich habe sie mit weißem Puder bedeckt. Am liebsten würde ich sein wie das Innere einer Austernschale, natürlich nur, wenn sie sauber, trocken und ohne Geruch ist. Meine Fingernägel male ich perlmuttfarben an.

Ich trage nur sanfte Stoffe. Gegen raue Stoffe bin ich allergisch, Polyester macht mich nervös. Weiß ist meine Lieblingsfarbe, die Farbe der Engel. Zu meiner weißen Kleidung trage ich nur weiße oder silberne Accessoires.

Auch meine Möbel sind weiß, nur nicht mein fantastischer Schminktisch – opalen, mit silbernen Ornamenten. Vielleicht wirkt mein Zimmer etwas kalt, aber bestimmt nicht funktional. Die anderen Designstudenten finden Funktionalität cool, mich macht sie krank.

Um schlank zu bleiben, esse ich fast nichts, nur Früchte und Gemüse. Wenn ich traurig bin, auch Schokolade – nicht unbedingt weiße!

Mein deutscher Boyfriend heißt Viktor. Wir reden nie miteinander und sind immer einverstanden. Er sieht genauso aus wie ich, nur dass seine Haare und Kleider schwarz sind. Wir sind wie zwei Schachfiguren. Und wenn wir auf der Straße gleiten, drehen sich die Leute um nach uns. Ich sage extra «gleiten», denn unser Gang ist leicht. Egal, ob Sommer oder Winter, immer tragen wir softe, elegante, most originelle Kleider, unsere Mode kommt von einem anderen Planeten. Mit nackten Armen oder Beinen würden wir nie ausgehen. In heißen Clubs schwitzen alle außer Viktor und mir. Sind wir vielleicht Kaltblüter?

Viktors Stimme ist so sanft, seine Manieren sind so fein, alle vermuten, er ist gay. Dabei ist er nur ein Dandy.

Am Tag, als ich Mia traf, war ich sehr traurig. Nur Schokolade konnte helfen. Zwei Tassen hatte ich schon getrunken und saß vor einer neuen heißen Schokolade in meinem Lieblingseiscafé. «Vanilla Icedream», das beste Eiscafé der Stadt! Vor allem Zitrone schmeckt super. Und immer spielen sie dort schöne easy listening music.

Ich blätterte in einem langweiligen Magazin, da kam Mia, und sie fragte: «Ist dieser Stuhl bei dir frei?» Ist das nicht bizarr? Ich war die einzige Kundin im Café, es war noch sehr früh. Mein Bett hatte ich nur verlassen, weil ich schon wieder merkwürdig geträumt hatte. Seit meiner Kindheit habe ich Angst vor der Nacht, das hat alles mit Alice und ihrem schrecklichen Wunderland angefangen.

Mia lehnte ihre Kunstmappe gegen den Tisch und setzte sich zu mir. Da fiel mir das auf, das mit dem Puppengesicht. Rund, mit riesigen Augen und einem ganz kleinen Mund. Ihr dunkelbraunes Haar roch wunderbar. Es roch nach einer Frucht, aber ich weiß nicht, welche.

Als ich sagte, ich komme aus England, wollte Mia unbedingt Englisch mit mir reden. Ihr Englisch war miserabel, noch schlimmer als mein Deutsch. Das «th» konnte sie gar nicht aussprechen, das «r» auch nicht, aber ich fand sie quite amusing. Und sofort war meine kleine Depression weg.

«Kannst du mir deine Zeichnungen zeigen?», fragte ich, und, oh! ich war sofort begeistert. Das erste Bild war ein Manga-Mädchen, das genauso wie sie aussah. Es stand in einem bunten Paradies. Auch die anderen Bilder waren bunt. Mädchenporträts vor exotischem background, Blumen oder Früchte … Der Malstil ist naiv, aber wirklich lustig.

«Oh! Great!», wiederholte ich bei jedem neuen Bild, und jedes Mal wollte Mia mir das Bild schenken. «No, no!», sagte ich, doch am Ende musste ich einfach okay sagen. Mein Bild war very special, eine richtige Farbexplosion! Am Abend hängte ich es direkt vor mein Bett, dann bewunderte ich es jede Nacht vor dem Einschlafen. Der einzige Farbklecks in meiner Wohnung! Das süße Mädchen auf dem Bild nannte ich Lilli, weil es von riesengroßen Wasserlilien umgeben war.

So wurden Mia und ich richtige Freundinnen. Viktor war vielleicht eifersüchtig, aber er sagte nichts. Wir gingen immer zu dritt aus. Mia aß sehr, sehr gern, und wir begleiteten sie meistens in Restaurants. Zu ihren Spaghetti trank sie ganz viel Rotwein, ich dachte, sie hätte italienische oder spanische Vorfahren, aber irgendwann sagte sie mir, sie hat entfernte Verwandte in Brasilien. Wenn wir in Bars oder Clubs gingen, bestellte sie immer Caipirinha. Und sie nahm mir Kassetten auf, mit Musik von Diana, João Gilberto oder Antonio Carlos Jobim. Sie erzählte immer verrückte Storys und lachte selber am meisten darüber. Wenn ich an Mia denke, sehe ich diese Heiligenbilder vor mir, die mit dem strahlenden Herzen. Ihr Herz ist weich und süß wie ein sweet pie.

Am Ende des Winters ist Germany nicht mehr so perfekt. Der Schnee hatte sich in Matsch verwandelt, und es war so dunkel und kalt, dass ich Reiselust bekam. Wie Tante Cindy. Mia wollte mit mir reisen, nur wohin? Wir überlegten nicht lange: nach Brasilien! Und während ich mir riesige weiße Strände vorstellte, sprach Mia von einem ganz bunten Wunderland mit fantastischen Blumen.

Es war das erste Mal, dass ich in die südliche Hälfte der Erdkugel reisen sollte. So packte ich meinen Koffer voll mit einer kompletten Ausrüstung, damit meine Porzellanhaut geschützt war: Sonnenmilch (SSF 18), einem Sonnenhut mit breitem Rand und meiner «Lolita»-Sonnenbrille mit den Gläsern in Herzform.

Für die Reise schenkte mir Mia «My Melody».

«Oh!», rief ich. «Alices Kaninchen!»

My Melody war ein japanisches Plüschtier, ganz weiß mit riesigen schwarzen Plastikaugen. Sie war noch tausendmal niedlicher als Alices white rabbit. Schon diese rote Kapuze, mit einer Margerite links am Ohr!

Viktor konnte nicht mit uns nach Brasilien, weil ein Modefotograf ihn fotografieren wollte. Oder weil er seine Eltern in Hannover besuchen sollte, ich weiß nicht mehr genau. Beim Goodbye zeigte ich ihm meine neue Glücksbringerin.

«Dieses Tier ist einfach zu kitschig!», sagte Viktor dann.

Aber was bedeutet «Kitsch»? Ist es Kitsch, an magic zu glauben? Dank My Melody fühlte ich mich sicher.

Der Flug nach São Paulo war endlos. Mia wurde ungeduldig und zappelte die ganze Zeit. Ich war froh, durch Wolken wie durch softe Wattebäusche zu gleiten, und ich fantasierte über Flugangst bei Engeln.

Die Stewardessen trugen wunderschöne Uniformen, aber das Essen war nicht sehr appetitlich, ich rührte es nicht an. Mia störte das nicht, sie aß alles auf und trampelte dabei mit den Füßen.

Als wir in São Paulo landeten, mussten wir die Augen zusammenkneifen, wegen dem Licht. Dann standen wir verloren vor dem Flughafen, und die Hitze war der Hammer! Eine Kusine, die Mia gar nicht kannte, sollte uns abholen, aber niemand kam. Ganz viele sonnenverbrannte Männer rannten zu uns und riefen: «Taxi! Taxi!» Wir wussten gar nicht, für wen wir uns entscheiden sollten.

Da fiel mir ein sehr dünner junger Mann auf, mit einem hübschen Kind im Arm. Aber das kleine Mädchen musste krank sein, es war so bleich und mager. Der Vater hatte ein feines Gesicht und lange Pianistenfinger. «Er muss wirklich arm sein», dachte ich, als ich seine Kleidung sah: ein zerrissenes T-Shirt, uralte Jeans, billige Plastikflipflops. Wie ein Baum stand er da, zu schwach, sich zu bewegen. Die kleine Kranke schlief, mit dem Kopf an seiner Schulter. Vor Mitleid hätte ich fast geheult. Ich lief zu ihnen und gab dem jungen Mann einen 10-Euro-Schein, den er immer wieder umdrehte. Bevor ich ging, sah ich ihm ganz intensiv in die schönen schwarzen Augen. «Wie ungerecht!», dachte ich. «Diese hässlichen Rocker und idiotischen Boygroups schwimmen in Geld, und die wahren Stars müssen hungern!»

«Was machen wir jetzt?», fragte Mia immer wieder. Schnell wechselten wir unser Geld und stiegen in ein Taxi.

«Hotel, Citycenter», sagten wir und hofften, dass uns der Fahrer mit dem Nacken eines Stiers verstanden hatte.

Dann war es die Hölle! Wie ein Wilder fuhr er über die kaputte Straße. Wir stießen uns die Köpfe gegen das Autodach: Der cabdriver war in ein riesiges Loch gerast. Wie ein verrücktes Pferd sprang das Auto wieder aus dem Loch, und jedes Mal dachte ich: «Jetzt haben wir ein Rad verloren!» Plötzlich war mit der Hopserei Schluss. Wir standen im Stau. Und in was für einem Stau! Tausende von Autos, manche rostig und verbeult, manche ganz neu und luxuriös, darin nervöse Männer, die Zeitungen als Luftfächer benutzten. Zwischen den Vehikeln liefen arme Leute herum, die ihre Waren verkaufen wollten: Lollis, chewing-gums, Bananen ... Die waren total aggressiv. Unser cabdriver schimpfte und schickte sie weg. Meanwhile, Mia und ich betrachteten die Landschaft: elende Baracken, im Hintergrund Engel mit breiten Flügeln, die über die Friedhofsmauer das Spektakel guckten.

Nach Stunden hatten wir die City erreicht und fuhren durch idyllische Straßen voller Blumen. Dann bremste der Stier ein letztes Mal.

Hotel Sun Royal. Sonnig war es, aber nicht königlich. Nachdem der Stier bei uns eine astronomische Summe kassiert hatte, zündete er sich eine Zigarette an und plauderte mit dem Hotelportier.

Wir warteten, bis der Portier unsere Koffer hineintrug, dann unterhielten wir uns mit dem Mann an der Rezeption – mit Händen und Füßen. Wir konnten kein Wort Portugiesisch, und er schien leicht zurückgeblieben. Englisch verstand er überhaupt nicht und auch nicht, dass wir nur ein Zimmer wollten, nicht zwei.

Endlich standen wir in unserem Zimmer.

«Oh, wie hübsch! Sieh mal! Ein uraltes Radio! Und ein Balkon!»

Im Bad entdeckten wir ein paar Wanzen und Käfer, die wir sofort rauswarfen. Dann fielen wir aufs Bett, völlig k.o.

«Siesta!», riefen wir und lachten.

«Ich habe Hunger!», sagte Mia. Ich war zu müde, um zu antworten, und bald war sie eingeschlafen.

Das Fenster hatten wir geschlossen, weil von der Straße ein unglaublicher Krach kam. Obwohl ich nackt war, war mir viel zu heiß, und ich rollte mich auf dem Bett hin und her. Hinter dem Vorhang entdeckte ich einen altmodischen Apparat, so eine Art Ventilator oder air conditioning machine. Richtig, ich drehte an einem Knopf, und schon ratterte das Ding so laut wie ein Traktor.

Mia wachte auf. «Pasta putanesca!», rief sie und schlief wieder ein.

Ich machte das Gerät aus, öffnete das Fenster und zog den Vorhang zu. Dann legte ich mich wieder hin und hörte die ganze Zeit die Autos hupen, die Männer brüllen und die Musik aus tausend Radios …

«Eureka!», sagte ich plötzlich, «die ear plugs!»

Die nette Stewardess hatte uns die komplette Ausrüstung für

autistische Reisende geschenkt: Augenschutz, Nackenstützen, Schlafdecken und Ohrenstöpsel!

Sie wirkten wunderbar. In der Dunkelheit hörte ich nur noch das Summen meines Gehirns. Endlich konnte ich einschlafen.

Mitten in der Nacht hatte ich einen komischen Traum. Ich saß in der Londoner underground, blätterte durch ein Comic von Julie Doucet, hörte Kahimi Karie im Walkman. Plötzlich konnte ich Kahimi Karies Flüsterstimme nicht mehr hören. Eine Bande wilder Taxifahrer war gerade eingestiegen. Die brüllten obszöne Dinge, und wie in einem Mörderballett tanzten sie näher zu mir. Ich bekam richtig Angst und konzentrierte mich darauf, unsichtbar zu werden. Es klappte! Die Hooligans kehrten um. Doch einer – mit so phosphorgrünen Augen – hatte mein Versteckspiel bemerkt ... Er lächelte drohend und zeigte mir seine langen Zähne. Ich konzentrierte mich so stark, dass mein Kopf fast platzte. Dann spürte ich, wie My Melody anfing, sich zu bewegen. Sie schien zu wachsen, immer größer zu werden, schon kitzelte die Margerite von ihrem Hut mein Ohr.

«Mach die Augen auf!», hörte ich. «Sonst passiert dir was! Und das hältst du nie aus!»

«Ich muss die Augen aufmachen», wiederholte ich, «es ist nur ein Albtraum. Ich bin total müde, doch ich muss es schaffen. Augen auf! Augen auf!»

Als meine Augen endlich auf waren, sah ich einen Schatten neben meinem Bett.

Zuerst war meine Vision unscharf. «Der Albtraum ist noch nicht vorbei», dachte ich kurz, doch blitzschnell wurde mir klar: Hier lauert etwas, das mich killen will, obwohl ich immer nett zu allen war. Bald konnte ich besser sehen, ich erkannte einen Mann mit gefährlichen schwarzen Augen. Leise wie ein Panther ging er auf allen vieren zu mir. Nur wenige Zentimeter standen noch zwischen uns. Ich war gelähmt. Mein Herz raste. Schon konnte ich seinen Alkoholatem riechen. Ich schrie so laut ich nur konnte. Waoh! War das eine Lautstärke! Mein Schrei war lauter als eine Fabriksirene! Sicher musste die ganze Stadt jetzt wach sein! Sofort stand der Mann auf und sprang aus dem Fenster wie ein Känguru.

«Was ist … Was ist los?», rief Mia panisch.

«Ein Dieb … Ein Dieb!»

«Wo? Wo?»

«Er ist gerade rausgesprungen!» Ich zeigte zum Fenster.

Mia stellte sich ganz nackt auf den Balkon und begann auch, sehr laut zu schreien.

Wir sahen noch, wie der Mann über einen Zaun klettern wollte. Mehrmals fiel er runter, aber dann klappte das, und er floh wie eine Katze über die Hausdächer. Als er in Sicherheit war, drehte er sich noch einmal zu uns um. Frechheit! Er lachte! Er lachte über unsere nackten Körper! Da erkannte ich ihn: Es war der schöne, arme Mann vom Flughafen, der junge Vater mit der kranken Puppe im Arm.

Was für ein Schock! All unsere Taschen und Koffer waren leer. Die Kleider lagen auf dem Boden herum. Ich saß am Bettrand und zitterte von Kopf bis Fuß. Ganz unerwartet bekam ich meine Tage.

Mia lief nach unten, um den Nachtportier zu alarmieren. Sie wollte, dass er bis ans Ende der Gasse rennt und den Dieb dort fängt.

«Der Portier ist dumm wie Stroh!», sagte Mia, als sie zurückkam. «Oder er wollte einfach nichts begreifen. Jedenfalls hat er nicht das Geringste unternommen!»

Und ich hatte festgestellt, dass unser komplettes Urlaubsgeld verschwunden war.

Fenster und Vorhänge waren zu. Im Dunkeln hielten wir uns beide fest. Aus einem Pinsel und Haarspangen hatte Mia eine Waffe gemacht und unter ihrem Kissen versteckt. Trotzdem konnten wir die ganze Nacht kein Auge mehr schließen. Zwischen Mia und mir lag My Melody. Immer wieder drückte ich sie an mich, denn es war sicher: Sie hatte uns das Leben gerettet.

Wir suchten in allen Jacken- und Hosentaschen, konnten aber keine einzige Münze finden. «Wir müssen zur Botschaft trampen», dachten wir, und dabei bekamen wir trotz der Hitze Gänsehaut. Glücklicherweise fand Mia ihre Visa-Card wieder. Wir wollten nach Hause zurück, so schnell wie möglich. Doch dann sagten sie uns, dass wir noch ein paar Tage warten müssten, alle Flüge wären besetzt! Bis zum Abflug blieben wir in São Paulo. Wir hatten keine Lust mehr, Brasilien zu entdecken.

Seit dieser Nacht war ich anders geworden. Nicht mehr so naiv und optimistisch. Misstrauisch wurde ich, sogar paranoid. Die Bettler vor dem Hotel bekamen keinen Real mehr von mir. Hatte ich nicht schon genug gegen die Armut in der dritten Welt getan? Dem schönen Dieb wünschte ich ganz viel bad luck: «Mein Geld soll dir sofort wieder gestohlen werden! Durch mein Geld sollst du all deine Freunde verlieren, falls du überhaupt Freunde hast!»

«Nimm es nicht so schwer», sagte Mia zu mir, «und probiere wenigstens brasilianisches Fleisch! Es ist das beste der Welt!»

Zwar bin ich Vegetarierin, aber bei der Hitze und dem Lärm war mir langsam alles egal. Ich hatte sowieso die Nase voll von rice and beans.

Das viele Fleisch bekam mir überhaupt nicht gut: Meine Fingernägel begannen, superschnell zu wachsen, meine Haare auch, und nach ein paar Tagen konnte man schon die roten

Wurzeln sehen. Doch ich traute mich nicht in die Drugstores, um Born-blond-Wasserstoffsuperoxyd zu kaufen.

Die letzten Tage unseres «Urlaubs» verbrachten wir im horriblen Hotel. Zwar waren wir in den 14. Stock umgezogen, aber nachts konnten wir immer noch nicht schlafen. Wir hatten große Angst, dass irgendwann ein Dieb durch die Glasscheibe in unser Zimmer fliegen könnte. Wie wir im TV sahen, lag die Außentemperatur zwischen 40 und 42 Grad Celsius. Innen war es bestimmt noch heißer: Immer mehr Kakerlaken zogen zu uns. Sobald wir uns ein bisschen bewegten, waren wir pitschenass vor Schweiß. Ständig mussten wir uns mit Deo besprühen. Wie Roboter liefen wir zwischen Dusche und Bett hin und her, stellten die ratternde Klimaanlage an und aus und lagen sonst auf dem Bett herum. Das Bett war voll mit alten Snacks und geschmolzener Schokolade. Um Tante Cindy eine Postkarte zu schreiben, brauchte ich drei Tage. Und später vergaß ich, sie in den Briefkasten zu werfen. Zum Reden waren Mia und ich zu erledigt. Meistens lag ich da und träumte die merkwürdigsten Dinge: Bei Tag holte mich der schöne Dieb vom Hotel ab, um mir das Geld zurückzugeben. Unser Freundschaftskuss wurde immer leidenschaftlicher, und er führte mich in schöne Gärten mit bunten Lilien. In der Nacht aber erschien er mir als brutale Bestie, die mich verfolgte. Durch den Dschungel, bis in die Sümpfe. Der Jabberwocky wollte mich ertränken. Ich verschwand im Moor, bekam keine Luft mehr, erstickte schon und …

… wurde wach. Endlich Abreisetag! Nur eins hatte ich noch im Kopf: Back to Germany! Es gibt doch nichts Besseres, als in einem reichen Land zu leben!

Viktor holte uns vom Flughafen ab. Zufällig waren wir schwarzweiß angezogen. Er in Schwarz, ich in Weiß. «Du bist braun geworden», sagte er erstaunt. Horror! Mein Sunblocker hatte versagt.

Madame Rose weint nicht mehr

Uh! Erledigt bin ich. Mir tun die Füße weh. Raus aus den engen Schuhen. Früher haben sie nicht so gedrückt. Sind meine Füße gewachsen?

«Minette, Minette, wo bist du?» Wo steckt mein schlaues Kätzchen? Gott! Sehe ich albern aus mit diesem Hütchen. Schwarz steht mir einfach nicht. Macht alt und trist. Nächste Woche gehe ich mal zum Friseur und lasse mir eine neue Dauerwelle machen – und vielleicht eine neue Farbe. Ich kann diese lila Haare nicht mehr sehen. Wie wäre es mit blond?

«Minette! Minette!» Wahrscheinlich ist sie im Garten. Ich sterbe vor Hunger. Wo habe ich meine Pantoffeln hingetan? Wie kann man nur so zerstreut sein? Hier sind sie auch nicht. Was soll's? Ich laufe barfuß. Hu! Ganz schön kalt, diese Kacheln. Na, ich ziehe einfach seine an. Nein! Zu groß und zu hässlich. Mein Magen knurrt so komisch! Aber ich werde nicht anfangen zu kochen. Das kommt nicht in Frage. Viel zu müde bin ich von der Heulerei. Außerdem habe ich kei-ei-ne Lust. Ein Stück Wurst, ein Stück Camembert, ein Apfel und voilà. Ein Schlückchen Rotwein für die Durchblutung. Ich könnte auch Kaffee aufsetzen, aber nein, dazu bin ich zu faul, und wenn ich zu lange in der Küche bleibe, dann verpasse ich die Pierre-Lux-Show. Ja, mein Lieber, diese Show ist albern, aber trotzdem gefällt sie mir. Schöne alte Chansons, nette Interviews. Du hast eben nie etwas von Musik verstanden.

Die Kirche war voll, unglaublich! Der Herr Pfarrer kam nachher zu mir und meinte, sie sei noch nie so voll gewesen, nicht mal zur Christmette. Und ich weinte schon wieder; ich wette, wenn ich erst mal dran bin, wird nicht die Hälfte herbeiströmen. Aber wie ich darauf pfeife … Der kannte Leute! Kein Wunder, wenn man sein Leben in der Kneipe verbringt.

«Ach, Minette, hier bist du … Wo hast du dich rumgetrieben? Ach ja, und jetzt willst du was zu essen. Komm her, ich gebe dir eine Scheibe Wurst. Und ja, komm, spring auf meinen Schoß! Du wunderst dich, dass es erlaubt ist beim Essen! Ja, du darfst … Das ist neu: Du darfst. Komm! … Kein Grund, Fäden aus meinem Kleid zu ziehen. Die bösen Krallen! Mach Samtpfoten!» Aber eigentlich ist es mir egal: Das Kleid habe ich nicht vor, jemals wieder anzuziehen. Dieses schwarze Zeug ist so abscheulich. Keine Lust, monatelang wie eine Vogelscheuche auszusehen, nur weil die alte Kanaille sich verabschiedet hat.

Ach, da ist sie, diese kleine Sängerin aus dem Elsass. Wie hieß sie noch? Ja, sie hat eine ganz hübsche Stimme. Sie versteht es, Liebeslieder zu singen. Liebeslieder, lalala … Wo sind all unsere Lieben geblieben? Und nach der Sendung sehe ich mir einen Film an und gehe richtig spät ins Bett.

Et voilà, ich habe wieder vergessen, meine Pillen gegen die Vergesslichkeit zu nehmen. Morgen mache ich einen Knoten in meine Serviette! Details vergesse ich, aber nicht die wichtigen Ereignisse. Und an die kleinen alltäglichen Bosheiten erinnere ich mich haargenau. Haargenau!

Ich frage mich, ob ich nicht hier unten auf dem Sofa schlafen sollte, heute Nacht. Mein Bett kann ich nicht mehr sehen. Unser Bett, pardon, Liebster! Vielleicht sollte ich es verkaufen. Was würden die Nachbarn sagen? Ach, und was kümmert mich die Meinung der Nachbarn? Wahrscheinlich ist so ein gutes Holzbett extrem teuer. Dann kaufe ich mir ein billiges Klappbett und bekomme Kreuzschmerzen. Ist das Leben kompliziert! Aber auch schön. Ich freue mich, dass es vorbei ist. Es ist alles doch perfekt gelaufen. Mein Blumenkranz war so schick! Aber ab nächster Woche gibt's Plastikblumen. Ich habe nicht vor, mein Leben auf dem Friedhof zu verbringen.

«Husch! Husch! Minette! Mach Platz! Ich muss hier das Sofa aufmachen. O Gott! Wie ging das bloß? Irgendwo gab es da einen Hebel! Aber der ist weg! Was soll's! Ich lege mich einfach so hin. Hole nur mein Kissen und das Plaid, ich werde schon nicht frieren … Die Nächte sind noch ganz angenehm. Armer Gaston, dass du schon im August den Geist aufgeben musstest! Den schönen Herbst verpasst du! Keine Pfifferlinge! Keine Schnecken!»

Ich könnte mich schon hinlegen, aber dann muss ich wieder aufstehen, wenn der Film vorbei ist. Oder ich lasse einfach den Fernseher laufen. Was spielen sie heute Abend? Wo steckt bloß dieses Fernsehprogramm? «Minette, such, such!» Ach, ich gehe ins Bad, und dann wird man weitersehen.

Warum einem das ganze Essen immer im Gebiss hängen bleiben muss, wie ärgerlich! Was mach ich mit diesem Rasierapparat? Na ja, den kann ich für meine Beine benutzen. Aber all dieses Rasierwasser und Zeugs? Ich schmeiß das einfach weg. Mmmmh … Diese Rosencreme liebe ich! Ich werde mir eine dicke Schicht aufs Gesicht schmieren, dann sind morgen meine ganzen Falten weg! Das wird noch anstrengend, wenn ich durchs Dorf laufe und sie alle mit betretener Miene zu mir kommen und mir die Hand drücken und ihr Beileid aussprechen. Wenn sie nur wüssten! Früher, ja früher habe ich Gaston geliebt. Aber das ist schon verdammt lange her. Er war hübsch und schüchtern, viel Auswahl gab's ja eh nicht.

Nicht, dass ich vorhätte, mir jetzt einen Neuen zu suchen, bloß nicht! Ich will einfach nur das tun, was mir in den Kram passt. Da soll mir bloß keiner dazwischenkommen. Alle haben sie mir immer nur vorgeschrieben, was ich zu tun und zu lassen habe: zuerst die Eltern und dann Gaston. Ge-nug! Basta!

Die Fernsehzeitschrift ist weg. Auf dem Klo war sie auch nicht. Nicht schlimm. Ich lege mich hin und zappe! Siehst du das, Gaston? Ich zappe! Das konntest du wirklich nicht ausstehen, wenn deine Enkelkinder gezappt haben: «Man sucht ein Programm aus, und dann bleibt man dabei.» Ja, wer hat denn das entschieden? Der Papst? Der Präsident der Republik? Ich zap-pe, zappe, zappe: Werbung, Nachrichten, Werbung, erotische Anzeigen, Werbung, Film, Werbung … Na gut, genug gezappt. Ich bin erledigt. «Minette! Mach den Fernseher aus! Bist du faul! Gut, dann stehe ich eben wieder auf!»

Oh, mein Gott! Ich habe vergessen, die Fensterläden zuzumachen. Morgen früh kann jeder hier reingucken. Die Nachbarn sehen mich im Nachthemd auf dem Sofa und wundern sich. Sei's drum.

Oh! Wie kann man nur so müde sein! Kein Wunder! Das ist doch wirklich kompliziert, so 'n Begräbnis! Und extrem kostspielig. Ich werde mit dem Geld ein bisschen aufpassen müssen in Zukunft. Ja, Gaston, hättest du bloß nicht alles versoffen! Na gut, richtig betrunken warst du nur bei Hochzeiten, Taufen und Erstkommunionen. Aber ein Aperitif hier und zwei, drei Biere dort, das hinterlässt ein Loch im Portemonnaie.

Ich frage mich, ob du wegen dem Alkohol immer so schlecht gelaunt warst – oder genauer gesagt: so launisch. Gut gelaunt mit den anderen, schlecht gelaunt mit mir. Immer was zu meckern, niemals zufrieden. Und man kann nicht behaupten, ich hätte mir keine Mühe gegeben. Meine Hauptsorge war immer: «Geht's dem Gaston gut? Ist er zufrieden?» Also fragte ich dich mehrmals am Tag: «Wie geht's dir, Liebling? Alles im Lot?» Und du hattest keine bessere Antwort als: «Wie soll's mir denn gehen? (Grummel, grummel.)» Und wenn du richtig böse aussahst: «Ist irgendwas nicht in Ordnung, Liebling? Habe ich was Falsches gesagt?» Das hat dich in Rage gebracht. Aber du hast auch nie gesprochen. Dass wir in vollkommener Stille leben, das hättest du gern gehabt. Das Radio ist dir auf die Nerven gegangen, mein Gerede ist dir auf die Nerven gegangen. Na, jetzt hast du sie, deine Stille! Aber wenn ich plappern will, dann plappere ich: Und wenn es albernes Zeug ist, umso besser! «Der Ernst des Lebens», pffff! Mit deinen Freunden warst du auch nicht ernst. Die meinten, du wärst lustig! Lustig, du! Unvorstellbar!

Du wolltest nie in Urlaub fahren. Ins Kino gingen wir nur einmal im Jahr, und dann bist du auch noch eingeschlafen. Die Katze durfte nicht in unser Bett. Du hättest lieber einen Jagdhund gehabt. Die Enkelkinder haben zu viel Krach gemacht. Der Garten war zu verwildert. Mit der Nachbarin habe ich nur Schwachsinn geredet. Händchenhalten war dir zu kindisch. Ich habe mir zu viele neue Kleider gekauft. Die Suppe war versalzen. Du hattest keine Lust, Stunden im Supermarkt zu verbringen: Dir war das egal, ob diese Kekse oder jene Kekse, ob Wurst oder Schinken. Zum Altentreff wolltest du nicht mit. Wieso ich im Chor singen würde, wo meine Stimme sich doch so anhöre, als habe sich die Katze den Schwanz in der Tür eingeklemmt. Sobald sich einer eine Zigarette angezündet hat, hast du einen Aufstand gemacht, obwohl du das Haus dreißig Jahre lang voll gequalmt hast. Du hast dich über mein Aussehen lustig gemacht und behauptet, alte Frauen seien unappetitlich. Und was ist mit alten Männern? Du warst stolz auf deine Wampe und hast vergnügt draufgeklopft. Jahrzehntelang hast du mich mit deinen Bartstoppeln zerkratzt. Mich geschwängert, ohne nach meiner Meinung zu fragen. (Nichts gegen die Kinder!) Hast dich nie um die Schulaufgaben gekümmert. Wenn einer ein gutes Zeugnis hatte, dann war's dein Sohn. Waren die Noten schlecht, dann war es plötzlich meiner. Hast den Kleinen verboten, ihre Freunde zu uns einzuladen. Du wolltest nichts als deine Ruhe, deine Ruhe, deine Ruhe. Nun hast du sie!

Und hätte ich nicht ein kleines bisschen nachgeholfen, dann hättest du womöglich noch ganz lange warten müssen. Also, sag danke schön zu deiner Rose, Gaston, mein Liebling.

Das neue Leben

Meine erste Reise in die Hauptstadt fand an einem Samstag statt. In dem mich wiegenden Zug las ich immer wieder die Kleinanzeige aus der «Bourgogne Républicaine» und entzifferte dabei die Symbole, die sich zwischen den Zeilen, Wörtern, Silben und Buchstaben versteckten. Ich studierte auch den Metro-Plan:

Voici Paris, Bonne Nouvelle,
die Pont Marie und die Chapelle.
Paris, das ist der Tour Eiffel,
die Moulin Rouge und Saint-Michel,
Réaumur-Sébastopol,
wo aber versteckt sich die «Coupole»?

Dort hatte ich eine Verabredung mit Herrn Desjardins. Auf dem Plan fand ich Pigalle und das Champ de Mars, aber nicht den Boulevard Montparnasse.

Dennoch war ich zuversichtlich. Sieben Nadeln befestigten meinen Haarknoten. Sieben sorgfältig ausgewählte Kleidungsstücke hatte ich an. Um genau zu sein, waren es nur sechs: eine «Playtex»-Korsage, eine leichte Seidenbluse, zwei offene Sommersandalen, eine Shetlandjacke mit Perlmuttknöpfen und ein schöner grauer Rock. Mit dem Accessoire – meiner schwarzen Handtasche – ergab das sieben, und sieben Sachen steckten ebenfalls in der Handtasche. Immer wieder stellt sich die schwierige Frage, ob man nur den Inhalt oder aber auch die Hülle berechnen soll. Meistens ist jedes Objekt dazu berechtigt, sieben weitere Bestandteile oder Attribute zu besitzen: ein Rock – sieben Falten, eine Strickweste – sieben Knöpfe, eine Kette – sieben Perlen – oder besser: sieben Reihen Perlen. Sieben ist meine Glückszahl. Drei und vier, Gott und die Welt.

Zu meinem Entsetzen kam der Zug verspätet in Paris an. Weil ich mich im lauten Wirrwarr des Gare de Lyon kaum zurechtfand, nahm ich ein Taxi. Die Sonne schien. Am Eiffelturm fuhren wir leider nicht vorbei, stattdessen gerieten wir in einen Stau. Die Automobilisten betätigten ihre Hupen und beschimpften sich gegenseitig, und ich redete auf den jungen Taxifahrer ein, er möge sich durchdrängeln, ich hätte eine Verabredung von großer Bedeutung. Er zuckte mit den Schultern und nannte mich «ma petite dame». Das Trinkgeld sparte ich mir. Am Boulevard Montparnasse ließ ich den Blick über die Terrasse der «Coupole» wandern. Die Gäste beobachteten mich auf eine befremdliche Art. Ich entdeckte einen Mann im beigen Anzug, der sich mit der «Bourgogne Républicaine» Luft zufächelte. Vergebens versuchte ich, die runden Tische zu zählen, und bat um Entschuldigung, wenn ich an einem vorbeilief.

«Germaine Dupuits, es tut mir Leid … Der Zug …»

«Richard Desjardins … Aber es macht doch nichts … Bitte, setzen Sie sich …»

Ich besitze die Gabe, die Buchstabenzahl eines Wortes sofort zu erkennen. R-i-c-h-a-r-d. Ich unterdrückte ein Lächeln.

Gern hätte ich ein Vittel mit Pfefferminze getrunken, doch Herr Desjardins bestellte einen Anislikör für mich. Der Mann war in den besten Jahren, hatte gute Manieren und Charme. Sobald sich unsere Augen begegneten, drehte ich den Kopf weg und starrte auf die Schultern der anderen Gäste oder auf meine Handtasche. Herr Desjardins überflog meinen Empfehlungsbrief. Aus Angst, an seine Füße zu stoßen, zog ich die Beine unter den Stuhl. Er sagte, seine Tochter sei noch in einem Ferienlager in den Sables d'Olonne, und ich bräuchte deshalb meine

Stellung nicht sofort anzutreten. Ich bestand jedoch darauf, am nächsten Morgen anzufangen. Sonntags beginnt meine Arbeitswoche. Beim Abschied behielt Herr Desjardins meine Hand ungewöhnlich lange in der seinen.

Einmal im richtigen Viertel angekommen, wollte ich es nicht wieder verlassen und fand in der Rue de l'Odéon eine Pension, die entsetzlich teuer war. Ich wusch mich lange, blieb dann am offenen Fenster sitzen und betrachtete im hellen Mondschein die skelettartigen Silhouetten der Fernsehantennen auf den Häusern von Paris. Der Himmel war mit Sternen übersät. Ich hoffte auf eine günstige Konstellation. Gegenüber der Pension befand sich das Antiquariat «Shakespeare and Company», dessen Holzfassade so alt war wie die Apotheke meines Dorfes. Morgen würde ich dort «Lady Chatterley's Lover» kaufen. Wer würde schon davon erfahren?

Herr Desjardins wohnte im VI. Arrondissement, was eigentlich nichts Gutes verhieß, denn in dreifacher Ausführung ist die Sechs die Zahl der Bestie. Wiederum befand sich seine Wohnung im ersten Stock, was, wenn man die Lage optimistisch betrachtete – und das tat ich –, das Ganze gerade bzw. ungerade rückte, denn sechs und eins ergibt sieben. Die Hausnummer in der Rue de Rennes, 144, stellte ebenfalls keinerlei Hindernis dar, denn vier und vier ergibt acht minus eins ergibt sieben.

Das bürgerliche Haus mit Portal und Balkonen gefiel mir auf Anhieb. Ich ging an einem Concierge vorbei, der den sauberen Flur fegte und meinem Gruß mit misstrauischem Blick begegnete. Als ich die Treppe hinaufstieg, zählte ich leise die Stufen und – was sonst nie passierte – verzählte mich dabei. Verunsichert läutete ich.

«Sehr pünktlich!», sagte Herr Desjardins und reichte mir die Hand. «Steht Ihr Koffer noch unten? Soll ich ihn hochtragen?»

«Nein. Er wird in den nächsten Tagen gebracht.»

Niemals hätte ich das Schicksal gereizt und noch vor meinem Vorstellungsgespräch den Koffer mitgenommen.

Herr Desjardins ließ mich vor sich in die Wohnung gehen. Ich weiß, dass ich eine graue, dennoch nicht unattraktive Erscheinung bin – besonders von hinten. Ich spürte seinen Blick auf meinem eleganten Rock, dessen neunundvierzig Zentimeter langer Schlitz meine schlanken Schenkel durchblitzen ließ.

«Fühlen Sie sich wie zu Hause!»

Er musste zu einer Konferenz und verabschiedete sich mit einem Lächeln.

Ich sah mich in der üppigen Wohnung um. Die Fenster reichten bis zum Fußboden. Es gab keine Zimmerpflanzen. Das teure Mobiliar, die schweren Samtvorhänge und die unzähligen Bücher waren vollkommen eingestaubt, und beim Anblick des ergrauten Parketts aus dünnen Brettern, zwischen denen sich «Schmutzschafe» drängten, hörte ich die Stimme meiner Mutter: «Wenn die Ecken den Besen sehen wollen, sollen sie näher treten!»

In meinem Zimmer hing über dem schmalen Bett eine Marie-Laurencin-Reproduktion. Spinnweben entfernte ich mit meiner Handtasche.

In der Küche nagelte ich sieben Haken in die Wand. Ich schrubbte die Bratpfannen und Kochtöpfe und hängte sie der Größe nach geordnet auf. Sorgfältig wusch ich mir die Hände. In einem der leuchtenden Vierecke, die ein gelber Sonnenstrahl auf den Tisch zeichnete, stand ein Obstkorb. Verfaulte Früchte warf ich weg, die übrigen ordnete ich so, dass sie wie eine kleine Armee aussahen. Erneut wusch ich mir die Hände. Dann putzte ich die Fliesen des Küchenbodens mit «Eau de Javel», bis ich plötzlich gegen ein Bein stieß. Es war das Bein von Herrn Desjardins.

Meinen Schreck fing er durch ein reizendes Lächeln auf.

«Sie sind ja eine richtige Hausfee … Kommen Sie …»

Wenn er lächelte, erhellte sich sein Gesicht, ja, die Farbe seiner Haut änderte sich, als hätte ihn ein Sonnenstrahl getroffen.

Sicher begehrte er von mir mehr als einen geschrubbten Boden, und ich bat darum, mich im Bad kurz erfrischen zu dürfen. Mit neu gebundenem Haarknoten, frisch gekämmten Augenbrauen und etwas parfümiertem Reispuder auf den Wangen erschien ich im Salon.

Er lud mich zu einem Aperitif ein. Ich fragte nach einer «Suze», er servierte mir einen Portwein. Dann erzählte er von seiner Tochter, die er als ungewöhnlich selbständig, reizend und nur gelegentlich launisch beschrieb. Wir einigten uns darauf, dass der letzte Charakterzug an ihrem Alter lag. Sie war zwölf.

Nachdem Herr Desjardins wieder gegangen war, lehnte ich mich ans Fenster und betrachtete die herankommende Nacht. Lauwarme Luft strömte in den Salon. Über den bläulichen Schieferdächern war der Himmel blaurosa, und die verworrenen Geräusche der Stadt erinnerten an einen Männerchor. Unten waren die Schaufenster noch grell beleuchtet. Der Schein einer Laterne zitterte auf dem Haus gegenüber. Hinter einem Vorhang zwei Schatten, die kamen und gingen.

Ich sah nach, ob sich etwas unter meinem Bett befand. Es ist mir außerordentlich wichtig, dass sich unter meinem Bett nichts befindet, sonst kann ich nicht schlafen. Hunger quälte mich, doch scheute ich den Gang in die Küche. Beim Einschlafen sah ich Herrn Desjardins vor mir, seinen großen, geraden Körper, seine elegante Kleidung, sein Lächeln.

«Sie sind eine Hausfee», klang es in mir nach.

Herr Desjardins drückte mir einen Geldschein in die Hand, bevor er zur Arbeit ging.

«Das Wetter ist herrlich heute! Machen Sie einen Spaziergang, Germaine.»

«Ja, Monsieur», sagte ich nur. Wie aufmerksam von ihm!

Vor dem Concierge machte ich kehrt, ging noch einmal hoch und überprüfte, ob ich abgeschlossen hatte. Auf der Rue de Rennes umging ich mit Bravour die Leiter eines Baugerüsts und passte zudem auf, nicht auf die Fugen des Bürgersteigs zu treten. Durch die große Anzahl der nach bunten Parfums riechenden Passanten war das nicht leicht. Der Turm von Montparnasse, der den Eiffelturm gern überragt hätte, stand in der Ferne. Ich fand ihn hässlich.

Ich spazierte an der Seine entlang, lehnte mich an ein Geländer. Schwarze Bäume spiegelten sich in dem Fluss, auf dem leichte Wellen spielten. Die dunklen Flecken verformten sich, ein «Bateau-mouche» voll glotzender Touristen glitt vorüber.

Vor einem kleinen Lebensmittelgeschäft stand ein Schaugestell mit Obst und Gemüse. Sieben glänzende Äpfel kaufte ich dort. Das Abbild meines ovalen Gesichts zeigte sich in dem Schaufenster, hinter dem Fleischstücke an Haken hingen.

Ich trat in ein gelbes Bistro. An der Theke saßen stille, neugierige Wesen, die mich musterten. Die Kaffeemaschine pfiff und spuckte Dampf aus. Mit dem schnellen Blick eines Stieres sah ich mich um und nahm in einem Winkel Platz, weit entfernt von der Eingangstür. Da sich sowohl vor wie hinter mir Spiegel befanden, verschwand mein Gesicht in immer kleineren Reflexionen.

Man hatte meinen Koffer geliefert! Welch eine Freude, mich endlich umzuziehen, jedes Objekt liebevoll in die Hand zu nehmen und es wie ein Haustier zu streicheln. Jeder Gegenstand besaß eine besondere Bedeutung: Dieser war ein Souvenir, eine Erinnerung an meine Mutter, jener ein Talisman, ein wahrer Glücksbringer. Nach einem wohl durchdachten Prinzip, das Maß, Zahl und Gewicht berücksichtigte, räumte ich mein Hab und Gut im neuen Zimmer ein, wusch meine Hände, bügelte meine Taschentücher und legte mich anschließend hin. Ein Sonnenstrahl fiel auf mein Bett, und ich sah dichte Staubreihen darin aufsteigen.

Ich fegte den Salon, schnitt Gemüse für ein Ratatouille, und dann lud Herr Desjardins mich in ein Restaurant ein. Ich lehnte ab. Er insistierte.

Unsere Schritte waren aufeinander abgestimmt. Sie bildeten den rhythmischen Hintergrund zu Adam und Eva, Romeo und Julia, Samson und Delila, Richard und Germaine.

Im «Montparnasse» speisten wir wie die Fürsten. Gern hätte ich Muscheln gegessen, doch Herr Desjardins bestellte mir Hummer. Nachdem ich einen Aperitif, vier Gläser Wein und einen Likör getrunken hatte, fühlte ich mich hundsmiserabel. Auf dem Rückweg musste Herr Desjardins mir seinen Arm geben.

«Germaine, möchten Sie noch einen Champagner?»

«O nein!», rief ich.

Dabei hätte ein siebtes Glas mich vielleicht gerettet. Nun brachte er mich zu meiner Zimmertür.

«Wird's gehen?», fragte er besorgt.

Ich sagte nichts, denn ich fürchtete zu lallen.

Am nächsten Abend wiederholte sich die Szene, doch deponierte er mich am Ende in einem der Sessel im Salon und entkorkte rasch eine Flasche Champagner.

Wie gute alte Freunde unterhielten wir uns über die sieben Künste und Wissenschaften. Mein Hausherr mit dem Sonnenscheinlächeln ermunterte mich, ihn zu duzen.

Wir sprachen und sprachen, und der Sekt prickelte in unseren Mündern. Herr Desjardins roch nach Eau de Cologne und Tabak. Ich fürchtete, mein Lippenstift würde ihm nicht schmecken, denn er war so alt, dass er immer mehr einem Stück Seife ähnelte. Eine Haarnadel löste sich und glitt auf den Teppich. Ich hielt die Augen geschlossen.

«Richard …»

Es war kaum ein Flüstern. Nur meine Lippen deuteten seinen Namen an.

Auf einmal kam Richards Tochter von Les Sables d'Olonne zurück. Sie trug einen Minirock, ihre Nase pellte sich, und aus ihren Taschen rieselte Sand auf das frisch gebohnerte Parkett. In der Wiedersehensfreude beachteten Vater und Tochter mich kaum.

Am frühen Abend bat Richard mich, mit ihnen zu essen. Er hatte extra für mich «Suze» gekauft, aber er siezte mich wieder.

Der Vorname Angélique passte nicht zu seiner Tochter. Sie hatte dunkle Haare, Augen und Teint, war hypernervös und erzählte wie aufgezogen, was sie und ihre Freundin Etsuko am Strand angestellt hatten. Plötzlich rannte sie in ihr Zimmer und kehrte begeistert mit einem Photoapparat und einem blauen, transparenten Plastikregenschirm zurück. Sie stellte die Kamera auf den Kamin, drängte sich aufs Sofa zwischen Richard und mich, öffnete den Regenschirm über unseren Köpfen und rief: «Lächeln!»

Entsetzt riss ich die Augen auf. Der Selbstauslöser blinkte. Ich griff nach dem Schirm, schloss ihn und warf ihn auf den Boden, als hätte er mir die Fingerspitzen verbrannt. Aber es war zu spät.

Verschlafen betrat Angélique die Küche.

«Kakao!», rief sie.

Wahrscheinlich konnte sie sich nicht damit abfinden, dass der Urlaub in Les Sables d'Olonne vorüber war, denn sie trug einen Bikini.

Wie mager sie war! Ich reichte ihr einen Apfel.

«An apple a day keeps the doctor away!», zitierte ich meine Mutter.

Doch Angélique aß nichts, spielte nur mit einer Baguette herum und drehte sie um.

«Willst du, dass der Teufel zu uns kommt?», fuhr ich sie an.

«Bilden Sie sich ja nicht ein, Sie seien hier zu Hause!», sagte sie.

Den ganzen Tag sah ich sie nicht mehr. Am Abend brachte sie ihre Freundin Etsuko mit, ein wohlerzogenes japanisches Mädchen.

«Unser Dienstmädchen», stellte Angélique mich vor.

Etsuko verbeugte sich.

«Eigentlich habe ich Mademoiselle Germaine als Kindermädchen engagiert», schaltete sich Richard ein, der im Flur gestanden hatte. Er trug einen Blumenstrauß.

«Für dich, Paps?», fragte Angélique.

Richard verstand nichts.

«Das Kindermädchen, meine ich!», fügte sie hinzu.

Ihr Vater lachte. Etsuko verbeugte sich erneut, dabei faltete sie wie beim Gebet die Hände.

Als ich in mein Zimmer kam, brauchte ich die Rosen nicht zu zählen. Wirkt ein Strauß großzügig, harmonisch und doch verspielt, so besteht er aus sieben Blumen.

Dennoch wirkte Richard beim Abendessen verlegen. Ich hatte die trübe Ahnung, dass die glücklichen Tage vorüber waren.

Angélique wurde dreizehn und gab eine Party. Ich war die Letzte, die davon erfahren hatte.

Etsuko versteckte ihr Geschenk in der Küche. Es war ein Korb, den sie nicht eingepackt hatte. Angélique kam mit offenen Haaren. Unter ihrem zu langen Pony lachten ihre Nussaugen. Sie hatte grünen Lidschatten aufgetragen und die hohlen Wangen mit grellem Lippenstift angemalt. Nach und nach kamen ihre Gäste, aufgedrehte junge Leute in zu knapper Kleidung, die Komplimente austauschten, Rosinen aus dem Obstsalat naschten und achtlos an mir vorbeigaloppierten.

Bald waren sie alle im Salon verschwunden, und statt dreizehn pflanzte ich vierzehn Kerzen in die Geburtstagstorte. Richard löste den Knoten meiner Schürze.

«Komm mit mir!», sagte er.

Ich glaubte, ein leises Wimmern zu hören.

Im Salon lief laute Musik. Auf dem Kamin stand das Unglücksfoto mit dem Regenschirm. Angélique riss all ihre Pakete auf, und ich versuchte, ein paar Fetzen Geschenkpapier zu retten und zu falten. Richard mochte den leichten Ton der jungen Mädchen. Angélique, die zu seinen Füßen saß, war stolz auf seine silbernen, dichten Haare.

«Tanzen, Paps?», fragte sie ihn.

Wann hatte sie aufgehört, ihn Papa zu nennen? Während sie wie eine junge Nymphe mit ihm tanzte, spielte sie mit seinem Haar. Ich fühlte mich überflüssig.

Und dann kroch auch noch etwas aus Etsukos Korb: eine pechschwarze Katze! Mir stockte der Atem. Sollte ich sie mit einem diskreten Arschtritt hinausjagen? Sie machte einen Buckel, fauchte und sträubte ihr Fell. Wie ein Teufel sah sie aus. Kein Wunder, dass ich den ganzen Abend eine leise Unruhe verspürt hatte, ein dunkles Gefühl der Bedrohung.

Früh ging ich zu Bett. In der Finsternis lag ich wach, hörte die unendlichen Gelächter des Sabbats und das Dröhnen von «Trash, Surf and Beat» – Angéliques neuer Schallplatte. Doch der lauteste Rhythmus kam von meinem mächtig schlagenden Herzen. Schreckbilder tauchten aus allen Ecken des dunklen Zimmers auf, ein fiebriger Verfolgungswahn packte mich, als hinge das Unheil über mir wie eine fragile Konstruktion, die jeden Augenblick einstürzen konnte.

Als ich erwachte, war es schon lange hell. Matt und müde fühlte ich mich, und meine Beine waren wie Blei. Das schwarze Biest lag auf meinen Füßen. Ich nahm es beim Schwanz und schleuderte es durchs Zimmer. Es verschwand in einer Staubwolke.

Auf dem Küchentisch fand ich einen Zettel, der meine Sorgen fürs Erste vertrieb: «Germaine, danke für Ihre Tüchtigkeit. Ich sehne mich nach ruhigeren Stunden mit Ihnen. Richard.»

Vierzehn Worte. Ich begriff die Botschaft, und mein Herz schlug heftiger.

Angélique kam herein.

«Germaine», sagte sie, «es kotzt mich an, wenn Sie mein Zimmer aufräumen! Tschüs!»

Nun gut. Sollte Mademoiselle Dreizehn doch selbst Hand anlegen! Ich konnte jedoch nicht widerstehen, einen Blick in ihre Hexenhölle zu werfen. Die unbeschreibliche Unordnung bewies: Nicht nur im Kopf hatte das Mädchen Flusen. Zur Krönung tobte sich in dem Tohuwabohu die schwarze Katze aus. Angewidert wollte ich mich zurückziehen, da stach mir ein Heftchen ins Auge.

In dem Tagebuch befand sich eine satirische Beschreibung meiner Person: «Sie ist eine Vogelscheuche, sie ist alt und hässlich, und sie trägt jeden Tag denselben Rock, der hinten aufgerissen ist. Mit dem kriecht sie auf allen vieren, um das Parkett zu bohnern. Wenn ich sie sehe, kriege ich eine Gänsehaut ...»

Etwas schlich sich zwischen meine Beine. Ein Schauder durchfuhr mich, die Haare standen mir zu Berge. Das Biest sah mich an.

Ich hatte das Gefühl zu ersticken, ich musste hinaus. Die Zweige der Kastanienbäume bewegten sich heftig. Es war heiß. Auf der Straße stank es nach gewürzten Speisen und aufdringlichen Parfums, Auspuffgase bliesen mir ins Gesicht. Ich unternahm eine Pilgerfahrt, lief zur «Coupole», zur Rue de l'Odéon, zum kleinen Gemüseladen auf dem Platz Saint-Placide. Unauffällig betrachtete ich mich in allen Schaufenstern. Meine Schultern hingen, meine Lippen waren bleich, meine leicht verwelkte Haut war weiß. Vor jedem Kanalisationsdeckel schreckte ich zurück. In meiner Verwirrung trat ich zweimal auf Spalten zwischen den Pflastersteinen, die das Innere der Erde preisgaben. Grelle Sonnenstrahlen reflektierten sich auf Spiegeln. Das Flackern des Lichts, das Klirren der Gläser auf den Tischen der Terrassen, das laute Geräusch der Schritte im großen Gedränge und das Bild Hunderter, auf mich gerichteter Blicke waren mir unerträglich. Ich fasste mir an die fiebernde Stirn.

Eine Wolke verbarg die Sonne. Verliebte Paare liefen eng umschlungen. Aus einem alten Reflex heraus beneidete ich sie und hätte fast geweint. Doch Richard würde mich heute Nacht in seinen kräftigen, beruhigenden Armen halten.

Ich hatte es geschafft, die Katze mit einem Besen aus der Wohnung zu kehren und das Regenschirmfoto verschwinden zu lassen. Seine negative Ausstrahlung lag nicht nur an dem offenen Regenschirm im geschlossenen Raum, es war ein misslungenes Bild. Insbesondere ich war in einem unvorteilhaften Augenblick erwischt worden.

Angélique kam sehr spät nach Hause. Richard fragte nicht, wo sie sich herumgetrieben hatte, und ich mischte mich nicht ein.

Es klingelte an der Tür. Richard kam mit der Katze zurück. Der Concierge hatte sie gefunden. Arrogant versuchte sie, sich an mir vorbeizudrängen, spürte meinen Widerwillen, fauchte mich an und versteckte sich hinter einem Schrank. Gern hätte ich den Schrank etwas näher an die Wand gerückt.

«Paps, Paps! Ich sehe nichts mehr!», hörten wir plötzlich Rufe.

Richard eilte zu Angélique. Neugierig folgte ich ihm.

Das Spektakel, das sich mir bot, erfüllte mich mit Entsetzen. Auf dem Bett, das einem Bazar ähnelte, streckte sich die schwarze Katze aus. Daneben stand Richard unter einer Klappleiter und stützte sie ab. Auf der Leiter stehend, versuchte Angélique, eine Glühbirne in die Fassung zu schrauben. Sie verlor selbige und rief: «Richard! Vorsicht!»

Er lächelte und rührte sich nicht. Mit der Entschlossenheit eines Ringkämpfers nahm ich Anlauf und schubste ihn weg. Die Leiter kippte. Angélique lag jammernd auf dem Teppich und hielt ihr Bein umklammert, das einen seltsamen Winkel zeigte. In diesem Moment sprang mich die Katze an, hängte sich mit ihren langen und scharfen Krallen in meinen Rock und biss mich in den Schenkel.

«Mademoiselle Germaine, Begründungen dürften überflüssig sein.»

«Ja, Monsieur Desjardins.»

«Aberglaube ist wie der Glaube an die Vorfahrt.»

«Ja, Monsieur Desjardins.»

Die Tür fiel hinter mir ins Schloss.

Auf dem Treppenabsatz öffnete ich meine schwarze Handtasche. Ohne den Wohnungsschlüssel der Desjardins enthielt sie nur noch sechs Gegenstände. Adieu Paris, mon paradis! Eine wilde Lust zu lachen schnürte mir plötzlich die Kehle zu. Es war Samstag! Mein sechster Versuch, eine Stellung zu bekommen, hatte nur eine Woche in Anspruch genommen! Immer noch war ich neunundvierzig, und wenn ich den Zug von 19 Uhr 03 nicht verpasste – eins und neun ergibt zehn minus drei ergibt sieben –, würde mir am nächsten Morgen eine neue Chance in der Provinz geboten. Sonntags fängt immer mein neues Leben an.

***Sex*beratung**

Als Teenager war ich von umwerfender Hässlichkeit. Ich hatte wirklich die Nase voll davon, hässlich zu sein! Selbst Hunde knurrten, wenn ich vorbeilief. Mein Haar war fettig, das Gesicht voller Akne, die Brüste waren platt. Dazu eine dicke Brille, hinter der meine Augen wie zwei Bindestriche wirkten. Das Einzige, was ich ohne Scham zur Schau stellen konnte, waren meine langen, schlanken Beine. Zum Glück waren damals Miniröcke in. Hin und wieder kam es vor, dass ein Mopedfahrer gegen eine Ampel raste. Allerdings nur, wenn er mich von hinten erblickt hatte.

Nichtsdestotrotz war ich im Gymnasium sehr beliebt, denn ich war amüsant, sozusagen der Clown vom Dienst. Wie sehr ich Clowns hasse, kann ich kaum in Worte fassen. Diese Schokoladenschachteln, mit denen meine damaligen Kumpels ihre Buden schmückten, hätte ich am liebsten in Brand gesetzt – mit ihrer traurigen Clownsfigur, die ewig die gleiche Träne vergoss.

Es gab noch einen Grund, weshalb ich so zahlreiche Freunde und noch zahlreichere Freundinnen hatte: meine Klugscheißerei. Zwar erreichte ich Bestnoten in Literatur und Philosophie, war aber alles andere als eine Stiefelleckerin. Im Gegenteil, demonstrativ legte ich mich mit den Lehrern an, zerstörte ihre Mantelknöpfe und organisierte Schülerrebellionen.

Doch die absolute Krönung war mein Engagement als freiwillige Tutorin: Jeden Montagmorgen hielt ich im Studiensaal Sexberatungsstunden ab. Alle Internatsinsassinnen wurden um acht Uhr früh im Gymnasium eingeliefert, obgleich der Unterricht erst um zwei Uhr nachmittags anfing. Also wurden sie so lange in einen Raum gesperrt, in dem sie ihre Hausaufgaben für die Woche erledigen sollten. Selber vom Wochenende erledigt, schliefen die meisten, bis sie mit ihren Fragen an die Reihe kamen. Ich saß ganz hinten im Raum, und sobald die Aufseherin ihren Schreibtisch verließ, um am Fenster zu träumen, kam eine neue «Patientin» zu mir. Ich war eine der Jüngsten, noch Jungfrau und hatte keine Ahnung von nichts. Aber das wussten sie alle nicht.

«Verstehe», sagte ich, sobald das verzweifelte Mädchen den ersten Satz gesprochen hatte. Dabei tappte ich im tiefsten Dunkeln, vertraute jedoch darauf, dass meine Coolness schon eine Erklärung provozieren würde.

Fast immer folgte dann ein langes Lamentieren über das verpfuschte Wochenende. Sie hatte ihn gesehen, er sie aber nicht. Supersexy hatte sie sich gestylt, belohnt wurde sie bloß mit einer Blasenentzündung. Endlich hatte sie sich getraut, ihn anzusprechen, und natürlich nur Blödsinn gefaselt. In einem Opel Kadett hatte sie ihn geküsst, sofort hatte er die Sitze nach hinten gekippt. Als sie dann nicht mit ihm schlafen wollte, hatte er sie als «Anzünderin» beschimpft und sie in hohem Bogen hinausgeworfen. Seitdem ignorierte er sie oder verfolgte sie mit spöttischen Blicken.

Als Beraterin gab ich Gesundheitsratschläge, Flirtlektionen und Tipps, wie man als Sexbombe gelten konnte, ohne dabei seine «Blume» zu verlieren: «Drei oder vier Höschen musst du unter deinem Minirock tragen – oder Wollpantys. *Hallo, hier bin ich!* rufen, sobald du einen Klub betrittst. Wenn dir nichts Besseres einfällt, wiederholen, dass du ihn viel toller findest als deinen Vater. Oder Gedichte von Lamartine auswendig lernen und sie im Notfall runterrattern. Mit den Brüsten nach vorne und dem Popo nach hinten durch den Raum wackeln. Lauthals lachen und dabei die Haare vor das Gesicht fallen lassen wie einen Vorhang. Erklären, dass du für diese plumpe Sexgymnastik viel zu romantisch bist – oder zu intellektuell. Wenn du dich das nicht traust, dann behaupte einfach, du hättest eine unheilbare Geschlechtskrankheit!»

Die meisten hatten entsetzlichen Liebeskummer, weil «er» sie nicht liebte. Dann hielt ich sie in den Armen und tröstete sie. Um zu zeigen, wie sehr ich an ihrem Kummer teilnahm, weinte ich mit ihnen. Diese Fähigkeit ist mir bis heute erhalten geblieben. Zählen Sie bis drei, und ich heule wie eine Fontäne.

Die Situation am Gymnasium lässt sich in einen Satz fassen: Alle Mädchen waren unsterblich in Gilles Pommier verliebt. Ein großer Typ mit dicken Lippen und weiten Schlaghosen, der vage an den jungen Mick Jagger erinnerte. Nicht besonders klug, ein ziemlicher Angeber, aber hübsch eben, wenn man auf solche Klischees steht. Am Samstagabend trieb er sich immer in der «Gruft» herum, einer Diskothek, in der die Cocktails unbezahlbar waren und altmodische Soulmusik aufgelegt wurde. Noch nie hatte ich auch nur einen Fuß hineingesetzt. Meine strengen Eltern, bei denen ich das Wochenende verbrachte, verboten mir, nach zehn Uhr abends das Haus zu verlassen. Meinen Mitschülern erklärte ich einfach, dass der Laden nur für spießige Opas tauge, nicht für Leute, die Punk-Rock-Musik aus England sammelten. Meine Kassetten wollten damals alle kopieren.

Wie es zu den Sexberatungsstunden kam, ist schwer zu rekonstruieren. Wenn ich zurückblicke, habe ich den Eindruck, dass man mich stets um Rat fragte, noch bevor ich überhaupt sprechen konnte. Spätestens mit meinen Geschwistern ging es los, die sich permanent bekriegten. Mich interessierte das nicht die Bohne, und doch kamen sie immer wieder zu mir, abwechselnd natürlich, und ich gab ihnen Tipps, wie sie sich für irgendeine Gemeinheit noch gemeiner rächen konnten. Darüber hinaus vermittelte ich als Diplomatin zwischen ihnen und unseren Eltern, entschuldigte in langen Plädoyers schlechte Schulzeugnisse oder die Marotte meines kleinen Bruders, im Zeitungsladen Comics zu stehlen und sich dabei erwischen zu lassen.

In der Schule ergab es sich aus unerfindlichen Gründen, dass mir alle Mädchen ihre Mösen vorführen wollten. Bald verbrachte ich ganze Pausen auf den Klos und musste knifflige Fragen beantworten. Ob das jetzt mit all diesen hässlichen Haaren in Ordnung war oder ob dieses schleimige Zeug in der Unterhose Syphilis bedeutete. Es gab Mädchen, die mit zehn schon Körbchengröße C hätten tragen können, und die sich nicht trauten, ihren Müttern zu erzählen, dass sie plötzlich ihre Tage bekommen hatten. Indessen stopfte ich mit Reis gefüllte Socken in meinen BH und zitterte vor dem Tag, an dem ein Junge seine Hand unter meinen Pullover stecken würde, was glücklicherweise nie passierte.

Meine Eltern zitterten mit und schickten mich deswegen ins Internat. Dort hatten wir am Mittwoch Ausgang. Abends torkelten die Schülerinnen sturzbetrunken von der Stadt zurück, stellten sich in die Schlange vor dem Klo, und ich hatte die verantwortungsvolle Mission, ihnen den «Polizisten» zu kitzeln, damit sie kotzen konnten. Sofort fühlten sie sich erleichtert, küssten mich dankbar und bliesen mir dabei ihren stinkenden Atem in die Nase.

Grundsätzlich war ich an allen Geheimnissen interessiert. Da ich selbst nichts zu berichten hatte, konnte ich besonders gut zuhören. So erfuhr ich immer mehr über jene gefährlich-lächerliche Welt, in der sich jugendliche Liebe und Teenager-Sex abspielen. Das ersetzte locker langjährige Erfahrung auf dem Babystrich.

Dieser Gilles Pommier und sein Fanclub stellten mich als Beraterin allerdings vor eine neue Herausforderung. Seit er vor einem halben Jahr aufgetaucht war, hatte Gilles Pommier bereits ein Mädchen geschwängert – mit einem gefälschten Pass wurde es zur Abtreibung nach England geflogen – und zwei weitere in den Selbstmord getrieben, wenn auch ohne Todesfolge: Die eine hatte sich die Venen verkehrt herum aufgeschnitten, die andere war aus einem Parterrefenster in den Abgrund gesprungen. Und alle Mädchen hatten miserable Noten in Mathe, weil die bloße Anwesenheit dieses Schönlings jede Konzentration verhinderte.

Um diesem Treiben ein Ende zu setzen, begann ich, Gilles Pommiers Ruf systematisch zu zerstören. Ich stellte ihn als armseliges Würstchen dar, mit dem sich ein Mädchen besser nicht blicken lassen sollte, weil es einfach zu peinlich war. Das hinderte Gilles Pommier vorerst nicht daran, in den Pausen wie ein Pfau zu paradieren, doch allmählich zeigte das Gift, das ich so tüchtig versprüht hatte, Wirkung: Die Mädchen tuschelten über ihn, lachten ihn mehr oder weniger offen aus und begeisterten sich auf einmal alle für Jean-Philippe Gaumont, den knochentrockenen Sohn des Apothekers Gaumont. Die Haare trug er militärisch kurz und kam selbst im Winter ohne Jacke aus. Dafür lief er stets mit perfekt gebügeltem Hemd durch den Schulhof. Seit die Mädchen für ihn schwärmten, gab es am Gymnasium keine Sexprobleme mehr, und die Sprechstunde verwaiste zusehends.

Der arme Gilles Pommier verstand die Welt nicht mehr. Niemals hätte er damit gerechnet, so schnell wieder out zu sein, und das stand ihm deutlich ins Gesicht geschrieben. Dieser neue Ausdruck, frustriert und leicht angeekelt, passte wunderbar zu ihm: ganz mein Typ!

Im Juni, kurz vor den Sommerferien, hatte ich mein erstes Rendezvous mit Gilles. Auf seinen ausdrücklichen Wunsch hin musste ich es jedoch geheim halten – was ich ohne Widerrede tat.

Jalouse

– Chronik einer Eifersuchtskrise –

Ich irre in einer fremden Stadt umher, es ist Nacht. Im Schein einer einsamen Straßenlaterne sehe ich das Schild einer Galerie: «L'Œil Artificiel». Was für ein alberner Name! Die Galerie ist ganz aus Glas, durch die Scheibe sehe ich Frédéric! Was hat er hier zu suchen? Natürlich, er stellt hier aus, das muss seine Vernissage sein, aber warum hat er mir nichts davon erzählt? Ich trete ein und begreife sofort: Ein Mädchen ist an seiner Seite, irgendein Malermodell oder eine Provinzkünstlerin. Allem Anschein nach ist sie seine Geliebte. Vor Wut und Verzweiflung renne ich kopflos die Treppen hoch und runter. Im Ausstellungsraum kippe ich vor aller Augen meine Reisetasche aus – warum habe ich überhaupt eine dabei? – und reiße alles in Fetzen. Eine Frau, offensichtlich lesbisch, versucht, mich zu beruhigen. Sie ist hässlich. Ihre Freundin macht mir eindeutige Angebote. Sie ist schön. «Mit dir könnte ich», höre ich mich sagen, «wie hättest du mich am liebsten?» – «Als Che Guevara», antwortet sie. Eine tolle Idee!

ERSTER TAG: **Nach einem Warntraum, in dem sie sich in Che Guevara verwandelt, stellt Julie fest, dass Frédéric spurlos verschwunden ist. Im Laufe ihrer Ermittlungen findet sie heraus, dass eine ihr bekannte Person Frédéric entführt hat.**

Was ist gestern Abend geschehen? Wir waren im Chat Noir, trafen dort Frédérics Freunde von den Beaux Arts, die uns zu Longdrinks einluden. Als ich Frédéric verließ, um mit Samantha und anderen Mädchen zum Ménilmontant Club zu fahren, war er ziemlich angeheitert. Zum Abschied küsste er mich flüchtig. Oder wie küsste er mich?

Geliebtes Objekt verschwunden, Ermittlungen einleiten!

Hilfreiche Freunde gewähren Auskunft. (Petzprämie nicht vergessen!) Nach einigen Telefonaten ist der Tathergang rekonstruiert: Sobald ich mich verabschiedet hatte, warf sich ein Mädchen Frédéric an den Hals. Intensiv unterhielt es sich mit ihm. Wie intensiv? Sehr intensiv! Es spricht einiges dafür, dass das Mädchen Frédéric zum Schluss mit nach Hause nahm. Um wen handelt es sich?

Um eine «Person aus unserem engeren Bekanntenkreis». Nach weiteren Telefongesprächen – und dank meiner Kombinationsgabe – steht fest: Barbara ist es gewesen. Barbara? Das wundert mich aber. So eine enge Freundin ist sie auch wieder nicht. Zu hässlich. Ich bin nämlich eine Ästhetin, eine Bewunderin der schönen Künste und der schönen Künstler und Künstlerinnen. Zwar weiß ich, dass Schönheit kein exklusives Auswahlkriterium sein sollte, aber ich verwechsle sie immer mit Herzensgüte. Der einzige Grund, weshalb ich hin und wieder mit Barbara verkehre, ist, dass Frédéric gern mit ihr redet. All meine Freundinnen findet er sonst unausstehlich. Von Anfang an hatte ich Bedenken wegen Barbara, doch dann dachte ich: Endlich jemand, den er gut findet. Jetzt findet er sie zu gut. Pech gehabt.

Barbara hält sich für fabelhaft, dieser Meinung bin ich allerdings nicht.

Sie hat das Wesen eines Gartenzwergs. Und so sieht sie auch aus.

Den Kopf zerbreche ich mir zunächst nicht weiter, sondern fahre zum Flohmarkt nach Montreuil, wo ich ein paar belanglose Nippsachen ergattere. Das Wetter ist schön, meine Laune nicht schlecht, leichtfüßig bewege ich mich von einem Stand zum nächsten, und die Händler lächeln mich an. Als ich aber – so spät wie irgend möglich – die Wohnung betrete, muss ich feststellen, dass Frédéric immer noch nicht da ist. Nun bekomme ich es doch mit der Angst zu tun.

Ich kann mir überhaupt nicht erklären, was er an ihr findet. Wenn sie wenigstens eine Sexbombe wäre oder eine geistreiche Person oder eine Lolita – eine teuflische Schönheit von mir aus –, originell, hinreißend, brillant, verrückt … Aber da sie nun mal so ist, wie sie ist – ein Gartenzwerg mit Pilzkopf und Moos an den Füßen –, bin ich so beunruhigt wie noch nie. Mit einem Mal ist Frédéric mir ein Rätsel, und das nach fünf Jahren!

Ich bin nicht am Boden zerstört. Im Gegenteil: Ich verspüre eine unheimliche Energie, wie aus einem Vulkan brodelnd. So oft habe ich so lange geschlafen, dass ich jetzt absolut fit bin. Die nächsten Stunden male ich mir eigene enthemmte Sexaktivitäten aus. Bis dato war ich treu, das aber ist passé.

Wenn Frédéric heute Nacht nicht zurückkommt, dann werde ich es mit der ganzen Stadt treiben, mit den Jugendlichen aus der Rive Droite und mit den Alten aus der Rive Gauche. Bin ich mit Paris fertig, so nehme ich mir Lyon vor, und dann Marseille. Anschließend fliege ich in die USA, wo ich mich von schwarzen Hip-Hoppern in den siebten Himmel schicken lasse. Ich werde mir extra ein Ficktagebuch zulegen. In Asien besorge ich es mir bei kleinen Japanern, die mir bis zum Bauchnabel reichen … Am besten, ich gehe direkt ins Hurenhaus und frage dort nach einem Job.

ZWEITER TAG: **Frédéric kommt zum Frühstück, erzählt Lügenmärchen und verschwindet sofort wieder. Julie lehnt es ab, zur Wartemaschine zu werden, wartet dann doch den ganzen Tag und die ganze Nacht. Am Ende träumt sie von Gewalt.**

Vor lauter Fantasieren bleibe ich die ganze Nacht wach. Am nächsten Morgen kommt Frédéric zum Frühstück – ohne Croissants, aber mit tiefen Schatten unter den Augen. Er lügt, er sei aufs Land gefahren. «Aufs Land? Auf welches Land?», will ich wissen. Es ist doch wirklich unerhört! Als ich ihn frage, ob er «sie» geküsst habe, tut er verwirrt und murmelt unverständliches Zeug. Mehr bekomme ich nicht heraus, denn der arme Junge ist erledigt. Schon liegt er im Bett und schläft tief und glücklich. Guten Morgen!

Von nun an heißt er für mich nicht länger Frédéric, sondern «der Typ» oder «Monsieur». Und während ich den Typen beobachte, der sich gerade von seinen Eskapaden erholt, freue ich mich über die wiedererlangte Freiheit. Den Schritt raus aus dem Liebesglück hätte ich selbst nie gewagt, aber Monsieur, da Sie es taten, sage ich «danke schön». Ich bin frei!

Horror! Es passiert! Er tut es schon wieder! Er kommt nicht zurück. Mein Herz tut weh, es schwillt immer mehr an, wird immer härter. Ich hätte mit ihm ausgehen sollen. Ihn überallhin begleiten. Im Atelier war er nicht oder zumindest nicht nur.

Schreckliche Tage stehen mir bevor. Gefangen in den eigenen vier Wänden. Irrwege im Schlafzimmer. Die Zeit des Wartens ist gekommen. Ich rebelliere. «Aber Monsieur, ich warte nicht! Ich bin keine Wartemaschine!» Nichts als Selbsttäuschung, Tatsache ist, dass ich warte. So miserabel, wie es sich anhört, so WARTE ich. Ich warte darauf, wie ein Mensch behandelt zu werden. Ich warte darauf, den Typen hinauszujagen. Und ich sitze hier, und die Zeit vergeht, er kommt und kommt nicht.

Durch Telepathie versuche ich, dich an den Nachhauseweg zu erinnern, doch du kommst nicht. Und ich warte. Ich hasse es zu warten!

Ihr Parfüm! Jetzt fällt mir ihr Parfüm wieder ein. Ich glaube, ich bin allergisch dagegen. Zu schwer, zu herb, zu billig! Steht ihr überhaupt nicht, würde nicht einmal einem Taxifahrer stehen.

Ja, beim Warten entwickle ich eine mir selbst ungeheure Abneigung gegen Barbara.

Wie kann jemand, der in mich verliebt war, sich solch eine Schreckschraube zulegen? Provinziell, kleinbürgerlich, ein Dummchen vom Lande Paris, das alles weitererzählt, was man ihm anvertraut. Indiskret, paranoid und verdeckt egomanisch. Ansonsten ist sie blass, platt und unerträglich eingebildet. Was diesen Punkt betrifft, so passen die beiden prima zueinander. Viel Spaß wünsche ich. Aber doch nicht so viel!

Die grausame Vision der Lust, die sie miteinander empfinden. Ich stelle mir vor, dass er sie bei meinem Kosenamen nennt. Dass seine schönen Hände, die mir gehören, auf ihrer weißen Haut spazieren … Und sie quietscht vor Vergnügen. Nein! Diese Bilder, diese Geräusche ertrage ich nicht. Mit einem Säbel in der Hand sprenge ich die Szenerie. Als Rächerin, als Schlachterin werde ich sie zu Hackfleisch machen. Vendetta!

Frédéric verachte ich zutiefst. Meine Verachtung kennt keine Grenzen.

Der Typ ist feige, verlogen und gemein: eine verdammt unvorteilhafte Kombination. Er ist oberflächlich, von leidenschaftlicher Gleichgültigkeit. Alles, was er malt, ist herzlos. Ausdrucksloser Expressionismus, eindrucksloser Impressionismus, staubiges Zeug aus vergangenen Jahrzehnten. Und all diese koketten Dummheiten, die er über seine Kunst verzapft – ist das vielleicht aufregend? Keineswegs. Nicht einmal eine Nonne würde das provokant finden. Wenn der Typ redet, dann schläft man ein. Weil er keine Begeisterung zeigt, kein Gefühl. Er ist nichts als ein Blender, mit einem schönen Schwanz ausgestattet.

All die Mängel, die ich bisher nicht sehen wollte, nun springen sie mir ins Auge: Sie sind größer als der Eiffelturm, größer als der Montblanc! Entweder ist er verrückt, mich so sitzen zu lassen, ohne ein Wort der Erklärung, oder er ist ein Sadist. Nun weiß ich es: Er ist ein verrückter Sadist. Es ist alles vorbei. Ich werde mir einen Sklaven zulegen, der mir die Taschen trägt und jeden Wunsch von den Augen abliest.

DRITTER TAG: **Am Morgen steht Frédéric mit einem Blumenstrauß vor Julie und lädt sie ins Restaurant ein. Unter dem Vorwand, ein Moped zu reparieren, verschwindet er wieder. In der Nacht irrt Julie einsam durch Paris, auf der Suche nach Frédéric. Vergebens. Nun hasst sie ihn endgültig.**

Mit einem Blumenstrauß steht der verrückte Sadist vor mir. Ich weine ein bisschen, und er tröstet mich. Über seinen Verbleib bis sechs Uhr dreißig früh will er mir nichts verraten. Ist mir auch egal, ich kann es mir denken. Ich bin froh. Mein Freund ist zurück. Ich liebe ihn sehr. Ich liebe seine leuchtend grünen Katzenaugen. Er ist wunderschön. Will man einen Freund ganz für sich, sollte man sich einen hässlichen Dummkopf aussuchen. Er mag meinen Café au lait. Barbara mag er auch, das hat er mir erst vor ein paar Tagen erzählt. Jungs haben eben einen eigenartigen Geschmack. Ich weiß aus Erfahrung, dass es nicht einfach ist, treu zu bleiben. Ich selbst musste mich ein paarmal zusammenreißen, seit ich mit Frédéric zusammen bin. Einmal ganz besonders, da lernte ich einen reizenden Jungen kennen – wer es war, verrate ich nicht –, der allem Anschein nach auch nicht abgeneigt war. Es lag Spannung in der Luft … Frédéric meint gerade, dass er außer sich selbst niemanden braucht. Merci. Die Botschaft ist angekommen. Dabei hat er seine Mutter ganz und gar vergessen.

Mein schöner Freund lädt mich zum Essen ein. Im Restaurant würde ich wieder gern von ihm erfahren, wo er die letzten Nächte verbracht hat. Er meint, es sei vollkommen egal. Eigentlich ist ihm alles egal, insbesondere ich bin ihm egal. Zwischen Käse und Dessert sagt er, er will bei mir bleiben. Und gibt mir einen Kuss zum Kaffee. Einen wunderbar traurigen Kuss, den ich niemals vergessen werde. Wen küsst er nur gerade? Mich oder …? Ich schüttle den Kopf, um die giftigen Gedanken zu verscheuchen. Auf dem Rückweg lachen wir.

Nun gut, in letzter Zeit ist diese großartige, einmalige Liebe auch mir banal erschienen. Was heißt hier banal? Nett wäre das richtige Wort. Wir prügeln uns nicht und zerreißen uns nicht und beißen uns nicht gegenseitig. Wir plaudern eben, gehen aus, lachen ein bisschen, und manchmal küssen wir uns. Nachts leben wir hin und wieder unsere Fantasien aus. Wehe, du servierst ihr das gleiche Gericht! Wehe, du exportierst unsere Spiele! Aber sicher tust du das. Hast du nicht sowieso fast alles von mir gelernt? Wehe, du ziehst irgendwelche Vergleiche! Ach, meine exemplarische Rache, meine grausame Strafe! Dir wird sie bitter vorkommen, aber in meinem Mund wird sie Honig sein.

Mit seinem Werkzeugkasten steht der Held vor mir. Er geht kurz zu Michel, um dessen Moped zu reparieren. Das Licht ist kaputt.

Es ist so kalt, wenn Frédéric nicht zu Hause ist. Die Feuchtigkeit dringt durch die dünnen Wände, durch meine Haut, bis in die Knochen. Ich höre keine Musik, sehe nicht fern. Warte nur. Drehe mich im Kreis. Studiere das Selbstporträt, das Barbara ihm als Zeichen ihrer besonderen Zuneigung zum Geburtstag gab. (Ich hatte seinen Geburtstag vergessen und eilte aus dem Haus, um doch noch ein Geschenk aufzutreiben, das ihm dann nicht sonderlich gefiel.) Wieso Künstlern nichts anderes einfällt, als ihre eigenen Bilder zu verschenken? Der Malstil ist gar nicht mal so übel, hätte sie nur ein anderes Modell ausgesucht! Er hatte sich jedenfalls riesig gefreut und das Porträt über seinen Arbeitstisch gehängt, genau in die Mitte, um es ja immer schön im Auge zu haben. Das ist Voodoo! Schlechter Voodoo.

Ich gehe raus, um Zigaretten zu kaufen. Natürlich regnet es. Die Straßen sind dunkel, ich mache große Bogen um die Menschen, um ihre finsteren Schatten, und trete in Pfützen. Das Schlimmste wäre, jetzt einem Bekannten zu begegnen. Meine Bekannten gehen davon aus, dass ich immer glücklich bin. «Wie siehst du denn aus? Was ist los mit dir?» Ja, sofort würden sie mir Fragen stellen. Und ich schäme mich, unglücklich zu sein. Eine stolze Frau zeigt niemals ihre Eifersucht.

12 Uhr 15 (nachts). Soll ich bei Michel anrufen? Oder weiter warten? Wenn Frédéric auch heute Nacht nicht zurückkommt, weiß ich nicht mehr, was ich tun soll. Ich ertrage es so lange, bis ich es nicht mehr ertragen kann. Bei Michel geht keiner ans Telefon. Sollte ich es bei Barbara versuchen? Mir fehlt der Mut. Ich warte bis Viertel nach eins. Dann gehe ich zum Chat Noir, in die Bastille, nach Ménilmontant … Natürlich könnte ich auch bei Barbara anrufen und kein Wort sagen, falls sie zu Hause ist. Lieber spioniere ich ihr nach und schaue, ob Frédérics Schatten in ihrem Fenster auftaucht.

Ich bin einsam, es regnet immer noch. Die Haare in den Augen, irre ich durch Paris. In der Nacht suche ich dich, verlaufe mich dabei und habe Angst, dich nie wiederzufinden.

Ich sehe Schatten, ich sehe Silhouetten, sehe Gespenster, glaube, dich zu erkennen. Aber das bist du nicht, nein, das bist du nie.

Hier, dort, irgendwo uneindeutige Formen. Ich sehe dich im Schein einer Straßenlaterne. Ich renne hin … Du bist weg. Ich werde angestarrt. Jetzt rempeln mich Menschen an, ich schlafwandle.

Ich sehe Schatten, ich sehe Silhouetten, sehe Gespenster, glaube, dich wiederzuerkennen, aber das bist du nicht, nein …

Ein enigmatischer Schatten vor einer Boutique. Ich träume,

schweife ab, sehe Wellen. Unendliches Umherirren. Von Scheinwerfern geblendet, verirre ich mich, verliere ich mich, ertrinke ich in der Nacht.

«Taxi!»

«Irgendwohin … Fahren Sie einfach in der Gegend herum!»

Frédéric ist nirgendwo zu finden. Auch in unserer Wohnung nicht. Ich streiche ihn aus meinem Leben: XXX.

In letzter Zeit schien sein Interesse an Sex mit mir gleich Null. Ist das Anstand oder Langeweile? Oder gar Ekel? Irgendwann in diesen Tagen sexueller Dürre masturbierten wir Seite an Seite. Und jetzt kann ich mir sicher sein, dass er dabei an sie dachte. Was für ein Affront! Ich schlafe nie wieder mit ihm!

Er kommt nicht wieder. Und wenn er wieder kommt, kann er gleich wieder verschwinden.

Soll der Blödian doch mit Michels Moped gegen eine Ampel fahren! Ich hasse ihn. Mein Hass kennt keine Grenzen. Sie hasse ich auch. Aber ihn hasse ich ganz besonders. Ich werde das Schloss auswechseln.

Total aufgedreht! Als ob ich Amphetamine geschluckt hätte. Und meine Gedanken rasen wie die Holzpferdchen eines verrückten Karussells. Immer wieder die gleichen Gedanken, die sich immer rascher wiederholen und bald nur noch Farbspuren hinterlassen, grau wie mein neues Leben, blau wie das verlorene Paradies, gelb wie mein gehörnter Zustand, rot wie das Blut der Rache …

«Zärtlich ist die Nacht …» Ach! Ich hasse die ganze Welt! Wenn er mich durch sie ersetzt, kann man doch sehen, was für ein Dummkopf er ist. Die werden ein tolles Künstlerpaar abgeben. Idioten! Arschlöcher! Gemeine Säue!

Ich bin ein Waisenkind im unbeheizten Schlafraum eines Internats. Es sind Weihnachtsferien, alle sind zu ihren Eltern gefahren, nur mich hat man dagelassen. Ich bin eine Wahnsinnige, die mit einem Koffer auf dem Bahnsteig steht, besitze keinen Fahrschein und weiß nicht, wohin. Und sehe, wie die Züge ohne mich wegfahren, wie lächelnde Menschen ihre Taschentücher aus den Fenstern flattern lassen.

Mir geht es schon besser – irgendwie. Jetzt erkenne ich, wie absurd meine Situation ist. Und wer hat schon immer gewusst, dass das ganze Leben eine Absurdität ist? Nein, nicht J. P., nicht Camus, sondern ich: Juliette!

Wen liebt er überhaupt? Außer sich und seiner Mutter? Ach ja! Seinen Zeichenblock! Das ist es. Seine Skizzen mag er viel lieber als mich. Deshalb werde ich sie verstecken. Und das fürchterliche Selbstporträt werfe ich sofort in den Papierkorb! Wenn man sich unwohl fühlt, hilft Aufräumen ungemein.

Zugegeben: Ich ließ mich gehen. Bin dick geworden. Meine Frisur ist unmöglich. Immerzu trage ich dieses hässliche blaue Hemd, das er nicht leiden kann. Ich habe zu oft ferngesehen. Irgendwann legte er sich ein Kissen auf den Kopf und meinte, Fernsehen deprimiere ihn. Wahrscheinlich missfiel es ihm, dass ich wie ein Automat vor der Glotze saß, anstatt mich um ihn zu kümmern. (Andere Möglichkeit: Er wollte über Barbara fantasieren, und der Krach störte ihn.)

Mea culpa: Ich habe mit Komplimenten gegeizt. Sie aber schmeichelt ihm immerzu. Findet ihn göttlich, wedelt mit den Händen, trampelt mit den Füßen und ruft «Oooh! Frédéric …» mit ganz hoher Stimme, wie ein kleines Mädchen, das zu Ostern einen Schokohasen im Gebüsch entdeckt hat.

Ich sehe mir die Fotos aus Spanien an, erst ein paar Monate ist es her, und frage: «Waren wir nicht froh? Haben wir nicht hübsch gelächelt, als wir uns vor dem Fotografen umarmten?» Doch, wir waren froh. Wir sahen aus wie frisch verliebt. Ich wollte immer bei ihm sein. Er war so schön. Und meistens sehr nett. Und auch nicht dumm. Hatte eine angenehme Stimme, war ein Erfinder! In Barcelona waren wir glücklich. Der Ring, den ich ihm dort schenkte, ist inzwischen zerbrochen. Wenn ich sein hübsches Gesicht auf den Fotos sehe, muss ich heulen. Diese elegant geschwungenen, so sanften Lippen, die gerade woanders küssen. Es gibt keine Taschentücher mehr, in der ganzen Wohnung nicht. Wie ein schmutziges Kind lasse ich die Rotze aus meiner Nase hängen, während dicke Tränen auf die Fotos tropfen.

Meine Geduld ist am Ende. Ich fahre zu Barbara Barbarin und bringe die beiden mit dem Fleischmesser um. Ich schlitze sie auf! Wenn ich im Gefängnis lande, kann ich dort schreiben – wie der Marquis de Sade. Das, was ich hier erlebe, ist sowieso Isolationshaft.

VIERTER TAG: **Nach langen Stunden kommt Frédéric mit seinem Werkzeugkasten zurück. Julie greift ihn an und wirft ihn aus der gemeinsamen Wohnung. Sie versucht, vergangene Ereignisse zu rekonstruieren: Wann hat die Affäre angefangen? Weshalb? Langsam dreht Julie durch.**

7 Uhr 24. Der Typ kommt zurück. Um die Birne eines Mopeds auszuwechseln, hat er haargenau neun Stunden und vierzehn Minuten gebraucht. Er muss ins Buch der Rekorde! Neun Stunden hätte ich locker ertragen, aber diese vierzehn Minuten waren entschieden zu viel.

Ohne nach mir zu sehen, ist er mit der Zeitung auf der Toilette verschwunden. Wahrscheinlich denkt er, dass ich schlafe oder dass ich brav, dumm und diszipliniert wie immer warte. Nein! Er hat mich einfach vergessen.

Ich koche vor Wut, schreite wie eine Furie durch den Flur, reiße die Wohnungstür auf. Zufällig kommen die Nachbarn gerade die Treppe herunter, also sage ich höflich guten Morgen und warte, bis sie unten sind, bevor ich die Tür hinter mir zuschlage. Vom höllischen Krach überrascht hat Frédéric seine Morgenlektüre unterbrochen und folgt mir auf die Straße. «Juliette!», ruft er. O Gott, was ist das für ein Typ? Ich behandle ihn wie einen Fremden. «Bitte, belästigen Sie mich nicht!» Während ich zum Haus zurücklaufe, verschwindet er beleidigt um die Ecke, in der Hoffnung, ich würde ihm hinterherrennen. Ausnahmsweise tue ich es nicht – prompt ist er wieder in der Wohnung. Indessen habe ich mich im «Büro» eingeschlossen.

Jetzt versucht er, im Nebenzimmer durch kleine Geräusche auf sich aufmerksam zu machen, doch das lässt mich kalt. Ob er mir gerade einen Zettel schreibt (bestimmt nicht!), seine Sachen packt, sich auszieht, um ins Bett zu gehen, an irgendeiner Erfindung bastelt, ein Bildchen malt oder sich an den Füßen kratzt? Ich hasse ihn. Er soll bloß nicht versuchen, in meinen Käfig einzutreten. Ich reiße ihm die Augen aus. Ich bin ein Tiger. Lebensgefährlich. Du gemeiner Kerl, verschwinde! Du bist unerwünscht, spürst du es nicht? Nein, er spürt es nicht. Sondern wühlt in seinem Zimmer weiter. Wegen ihm muss ich im Büro schlafen. Es ist total laut, die Autos stören mich, das ist ihm egal! Alles ist ihm egal.

Kaum habe ich mich auf den Teppich gelegt, klopft er an meiner Tür. «Geh weg!», brülle ich. «Ich will dich was fragen!», sagt er. Das ist neu. Ich schließe die Tür auf. Er ist blass, grau, unrasiert und hat eine Reisetasche bei sich. «Kommst du mit?», fragt er mich. Ob das ein Scherz sei, schreie ich zurück. Er macht sich Sorgen um den Verbleib seines Zeichenblocks und will wissen, ob ich ihn nicht zufällig gesehen habe. Wusste ich's doch! Das ist das Einzige, was ihn interessiert. Such, Dummkopf! Kaum versteckt. Ganz einfach zu finden. Sobald er seinen Block wiederhat, wird er verschwinden. Und dann kann ich aufatmen. Und ein dickes Kreuz malen auf die Vergangenheit, das Liebesglück, das kleine Wunder, die Ewigkeit.

Noch ist er hier und sucht. Oder ist er weg? Was kümmert mich das? Das kümmert mich nur, weil ich ihn noch nicht ganz vergessen habe.

Mit Schal und Winterjacke sieht er aus, als ob er Grippe hätte. «Ich frage dich noch einmal: Fährst du jetzt mit?» – «Nein!», brülle ich zurück. Oh! Und dann trete ich ihn ans Schienbein. Aua! Das macht Spaß! Dieser Blick eines begossenen Pudels! Ja, er ist überrascht. Wo ich sonst immer die Hündin war. Aber jetzt werde ich zu einem Wolf, zu einem wilden Tier, ich bin auf 180: «Geh wieder dahin, wo du gerade herkommst! Geh weg! Geh weg!» Eine laute Schimpftirade folgt, gar nicht nach seinem Geschmack. Von dieser neuen Art der Konfrontation ist er geschockt. Ich aber schreie, um klarer zu denken. Irgendwann behauptet er, «dorthin» nicht zurückzuwollen. Wahrscheinlich denkt er, ich sei übergeschnappt. Bin ich auch. «Ich bin so froh, dich los zu sein!», brülle ich noch und schubse ihn endgültig aus der Wohnung.

Jetzt habe ich es ihm aber gegeben. Jetzt bin ich ihn los. Er ist weg. Weg. Weg. Und ich bin froh. Ich bin ihn los. So froh bin ich, dass ich vor Glück weine. Er hat seine Tasche gepackt. So schnell wird er nicht wieder aufkreuzen. Der feige Hund ging mit eingeklemmtem Schwanz: Keine Sorge, bald wird er sich wieder aufrichten! Eine Weile werde ich Sehnsucht verspüren, traurig sein, sehr, sehr traurig. Trotzdem: Eine wunderbare Zukunft erwartet mich! Oder eine ganz blöde! Macht nichts. Mir egal. Ich will schlafen und nicht mehr daran denken.

Bald werde ich über diesen Tag lachen, Witze darüber reißen, Frédéric vergessen. «Welche Farbe hatten seine Augen? Waren sie grün? Waren sie blau? Oder waren sie grau? Oder wechselten sie ständig – wie das Wetter?»

Wenn ich nur wüsste, wo er hingefahren ist! Zu ihr natürlich! Wohin sonst?

Was hatte er bloß in dieser großen Reisetasche? Ich werde nachsehen, ob er seinen Rasierschaum nicht vergessen hat. Er hat ihn nicht vergessen. Seinen Malkasten hat er auch dabei. Wahrscheinlich will er malen. Und sich rasieren. Ich finde das sehr amüsant, dass er in solch einem Augenblick nicht vergisst, seinen Rasierschaum mitzunehmen. Er ist wie der frisch geschiedene Michel, der bei jedem Ehekrach alle Flaschen kaputtschlug – außer den Pfandflaschen. Seine Zahnbürste und Zahnpasta sind auch nicht mehr im Bad. Ob Barbara zu Hause keine Zahnpasta hat? Das würde das gelbe Lächeln erklären. Ob er sein Buch mitgenommen hat? Wenn ja, dann ist er wirklich ein Pantoffelheld. Er hat es mitgenommen. Er ist wirklich ein Pantoffelheld! Lustig! Die Tasche war sehr voll, als ob er sich für lange Zeit verabschieden würde. Was also, um Gottes willen, hat er eingepackt? Mehrere Bücher und ungefähr alle Socken, die er besitzt. Keine Decke, also braucht er keine. Er geht zu Barbara lesen!

Wie viele Nächte schlief er auswärts? Zwei «auf dem Land», eine in einer mysteriösen Zone und eine «in Michels Garage». Also vier. Aber zum Frühstück erschien er pünktlich. Bei Barbara ist er extrem früh aufgestanden. Mit ihr hat er geschlafen und bei mir hat er sich ausgeschlafen. Das ist die Art, wie Katholiken es betreiben. Sie brauchen genauso viel Buße wie Spaß. (Bei ihr der Spaß, bei mir die Buße.)

Was geschah zwischen April und September? Wann und wie hat es zwischen den beiden angefangen? Wie eine Besessene durchsuche ich die Wohnung nach Hin- und Beweisen. Nichts.

Im April – an den Monat kann ich mich erinnern, denn ich hielt es für einen Scherz – sah ich Barbara neben Frédéric auf dem Sofa sitzen. Sie zeigten sich gegenseitig ihre Bilder. Nun weiß ich, sie flirteten miteinander.

Zu Beginn des Sommers fand das Picknick in Fontainebleau statt. Die beiden saßen etwas abseits, im Schatten, und ich schenkte dem keine besondere Beachtung, nein, ich erzählte der ganzen Bande Witze. Damals war ich noch lustig. Später muss es passiert sein. Er war verschwunden. Sie war verschwunden. Vermutlich im dunklen tiefen Wald. Sie sind beide große Naturfreunde, alle wissen das: Samantha und die anderen und ich auch. Dann kam Barbara allein zurück. Glorreich stand sie da, ungeschminkt, betont natürlich. Sie behauptete, Frédéric sei eingeschlafen. (Wie niedlich! Wie ein Tier nach dem Akt einschlummert.) Irgendwann kreuzte er wieder auf, und wir fuhren mit Samantha und Michel nach Paris zurück. Dort hatte ich vor, mit Samantha auszugehen, Frédéric wollte nicht mit. (Musste er Barbara anrufen?)

Fast hätte ich es vergessen: Gleich nach dem Picknick fuhr Frédéric zu seiner Mutter. Dann rief er an, dass er über Nacht bleiben wollte. Ging er stattdessen Barbara besuchen? Als er endlich von seinen Eskapaden zurück war, feierten wir seinen Geburtstag. Meine Geschenke gefielen ihm nicht, Barbaras Bild dafür umso mehr.

Trafen sie sich öfter? Schwer zu sagen. Mit Frédéric ging ich ein paarmal in den Chat Noir, doch ich habe vergessen, ob sie auch anwesend war. Aber vor drei Wochen, als «Polyester» im Chat Noir auftrat, da sah ich sie ganz bestimmt: Frédéric und ich wollten gerade den Club verlassen, Barbara hielt uns die EXIT-Tür auf, verbeugte sich, lachte und rief: «Der König und die Königin!»

Mitten in der Nacht kam Michel zu Besuch. Euphorisch machten wir Urlaubspläne für den Herbst. Zukunftspläne, die mir jetzt nichtig vorkommen. Frédéric fand das alles lustig und hat uns immer zugezwinkert. Ich will nicht mehr, und ich kann nicht mehr.

Wieso musste er ganze vier oder fünf Nächte bei ihr verbringen? Weil er mit mir nicht genug Sex hatte? Vor Frédérics «Ausflug aufs Land» hatte ich tatsächlich neun Tage nicht mehr mit ihm geschlafen. Nach neun Tagen spürte das Tier solch einen Drang, dass er diese Affäre mit Barbara anfing. Und jetzt will er nichts mehr von mir. Eine Frau verzeiht alles, außer dass man von ihr nichts will. Ohne Rache komme ich niemals zur Ruhe. Noch bin ich viel zu wohlerzogen, viel zu anständig. Aber ich habe Zeit. Die Rache ist ein Gericht, das kalt gegessen werden sollte. Eiskalt.

Ich werfe meine Zigarette in den Aschenbecher, zünde sofort eine neue an. Weil ich unglücklich verliebt bin, rauche ich wie ein Schlot und esse nichts. Ich habe so viel geweint, so wenig geschlafen, bin total kaputt. Und wer ist schuld? Frédéric. Er liebt mich nicht mehr und war zu feige, es mir zu sagen. Das ist die Krise: Ich bin so einsam, ich könnte heulen, ich bin verrückt nach Liebe.

Vielleicht sollte ich mit Max ausgehen. Er ist lustig. Und erst zwanzig. Noch nicht verdorben. Sein Bart kratzt nicht. Oder mit irgendeinem anderen. Ich kann nicht allein sein. Auf dieser Erde muss es doch einen Mann geben, der gut zu mir ist.

Jetzt bedaure ich es: Nein, es war nicht sehr nett, ihn aus seiner eigenen Wohnung zu werfen und seine Skizzenblöcke zu verstecken. Ich werde die Blöcke einfach zurückstellen. Bei Barbara anrufen und Bescheid geben, dass alles wieder an seinem Platz steht.

Ich möchte bei Barbara anrufen, aber ich kann nicht.

Schauderhaft sehe ich aus. Ich brauche Ferien vom Ich. Jetzt nehme ich ein heißes Bad. Ansonsten werde ich sterben. Meine Füße sind schon abgestorben. Ich gehe aus und kaufe mir Alkohol und Zigaretten. Oder ich gehe Samantha besuchen. Ich muss unbedingt auf andere Gedanken kommen. Mich schön machen. Und verdrängen, verdammt! Oder beten, dass er sich meldet, dass er zu mir kommt: «Bitte, mon ami, komm zurück!»

Ich bin zum Kiosk gegangen und habe Zigaretten, Getränke und eine Zeitung gekauft. Dabei habe ich die Verkäuferin nicht angesehen. Ich hatte Angst, dass sie mir irgendwelche Fragen stellt. Was sagt das Horoskop? Wenn in meinem Horoskop steht, gerade sei es für die Liebe eine gefährliche Phase, dann heißt das, ich soll mich nicht bei Barbara melden. Oh! Da steht's. Eins ist sicher: Ich werde mich nicht bei Barbara melden.

Beim Araber unten habe ich mich kurz mit Samantha getroffen.

«Siehst du diese Hühnchen auf dem Grill?», sagte ich zu ihr, «mir geht's noch schlechter als ihnen.»

Dann habe ich mein Problem dargelegt. Plötzlich kam es mir nicht mehr so schlimm vor. Mir ist vollkommen bewusst, was für bourgeoise Ängste mich quälen. Ich schäme mich, sie öffentlich zu machen. (Eifersucht ist geschmacklos und kleingeistig und sollte mit dem Tode bestraft werden.) Egal, Samantha verstand sofort, worum es ging.

«Na, hatte ich nicht Recht?», fragte sie mich.

Im Handumdrehen konnte sie mein Unglück analysieren: «Er will dich, er will das andere Mädchen, und er will, dass sein Treue-Gebilde stehen bleibt», fasste sie die Situation zusammen. Ist sie nicht unfassbar klug? Nett ist sie obendrein. Sie hat mir vorgeschlagen, bei ihr zu schlafen, bis es mir besser geht. Dass es mir eines Tages besser gehen könnte, scheint mir utopisch. Nach und nach werde ich auseinander fallen wie eine Ruine, bis nur noch ein Haufen Schutt und eine Wolke Staub übrig bleiben.

Ich habe Samantha versprochen, die Nacht bei ihr zu verbringen, aber die Furcht, Frédéric zu verpassen, ist stärker als mein Wort.

Stattdessen sitze ich die ganze Zeit neben dem Telefon, schwanke, ob ich bei Barbara anrufen soll. Ich bin drauf und dran, sie zu fragen, ob Frédéric bei ihr ist. Na und, was würde ich sagen, wenn er an die Strippe käme? «Bitte, komm zurück, ich bin dein kleiner Hund!» Oder noch mehr Terror machen?

Ich wähle die Nummer, niemand geht ans Telefon. Ich überlege, welchen Text ich auf dem Anrufbeantworter hinterlassen könnte: «Das ist eine Botschaft für Frédéric: Es tut mir Leid, dass ich brutal war. Viel Glück!» Nein! Wie hört sich so was an? Schließlich entscheide ich mich für eine neutrale Version: «Bitte um Rückruf. Julie.»

Endlich klingelt das Telefon. Barbara behauptet, Frédéric sei nicht bei ihr, und sie habe keine Ahnung, wo er hingefahren ist. «Hat er dir nichts erzählt?», fragt sie mich. «Also, ich denke, er muss es dir selbst erzählen! Wenn so was passieren konnte, dann war vielleicht mit euch etwas nicht in Ordnung?»

Jetzt schiebt sie die Schuld an dem Schlamassel auch noch mir in die Schuhe! Ja, so sieht sie das – durch ihr Fenster. Sie kann mir doch nicht meinen Freund wegnehmen und auch noch behaupten, es sei meine Schuld: zu einfach!

Nun will sie, dass ich mich bei ihr melde, sobald ich Neuigkeiten habe. Die Stimme meiner Rivalin klingt wie eine Maschinengewehrsalve. Ich ertrage sie nicht länger und lege rasch wieder auf. Wahrscheinlich lügt sie genauso wie Frédéric. Wer weiß, ob sie nicht auf seinem Schoß saß, während sie mit mir sprach?

Bei Barbara werde ich mich nie mehr melden. Ich muss nur warten, bis er zu mir kommt. Irgendwann wird er wohl vorbeikommen, und sei es nur, um seine Blöcke abzuholen. Bis dahin werde ich nichts essen. Ich will, dass er zu mir zurückkommt. «Komm zurück komm zu mir zurück komm», bete ich.

Auf seine Rückkehr will ich mich vorbereiten. Eines Tages wird er sich bei mir melden. Bis dahin muss ich verwandelt sein: sanft und leidenschaftlich zugleich. Er muss zurückkommen.

Aber dann wird es nie wieder gut mit uns. Wie ein Gefangener wird er sich bei mir fühlen, vor Angst und Misstrauen werde ich ständig zittern.

Falls Samantha Recht hat und er uns beide behalten will, werde ich es mir nicht gefallen lassen. Sofort werde ich mir Geliebte zulegen. Es ist gar nicht schwer, ich brauche nur ein Auge auf meine Kandidatenliste zu werfen. Wie wird Frédéric reagieren? Eifersüchtig oder vollkommen gleichgültig?

Ich bedaure, von ihm derart abhängig geworden zu sein. Wie diese Ehefrauen, die ohne jede medizinisch nachweisbare Ursache drei Tage nach dem Tod ihrer Männer sterben. Wahrhaftig, ich fühle mich wie ein Tier, dem bei lebendigem Leibe jedes Bein einzeln ausgerissen wird.

Stumm habe ich Frédérics Gesetzen gehorcht. Es gab dieses unausgesprochene, dennoch ganz klare, einseitige Gesetz, dass alles vorbei ist, sobald ich untreu werde. Deshalb blieb ich auch treu. Wie stupide ich war! Die ganze Zeit habe ich nur versucht, ihm zu gefallen. Und das war ein Fehler. Eins ist sicher: Ich werde nie mehr treu sein. Ab jetzt sind meine Augen wieder ganz offen (und meine Schenkel auch).

Ab jetzt trete ich in den Hungerstreik. Ich esse nichts mehr. Aus Protest gegen das Unglück. Gar nichts mehr, bis ich wie eine grüne Bohne aussehe. Bis er zurückkommt und mich rettet. Und ich muss in dieses Bett, in dem wir jede Nacht zusammen schliefen. Ich könnte kotzen ... So wie meine Mutter im Bett meines toten Vaters schläft. Es geht nicht. Seit Tagen habe ich kein Auge zugedrückt, und allem Anschein nach werde ich niemals wieder schlafen. Hier geht es auf keinen Fall. Sein Pyjama liegt unterm Kopfkissen. Ich werde mich im Büro hinlegen. Auf den Teppich. Die Sonne scheint durchs Fenster. Unten auf der Straße gibt es einen Stau, und alle hupen fröhlich.

Ich habe geträumt, dass meine Augen ganz klein geworden sind und ihren Glanz verloren haben. Eine Sehenswürdigkeit, die keiner verpassen wollte. Touristen kamen in die fürchterliche Wohnung, in der alle zusammen wohnten, sie und er und ich und noch andere Idioten.

FÜNFTER TAG: **Von einem gemeinsamen Freund – Michel – erfährt Julie, dass Frédéric nach Wien gereist ist. Frédéric kommt zurück, verschwindet aber gleich wieder. Julie erlebt ihr blaues Wunder.**

«Hallo, Julie! Frédéric hat mich aus Wien angerufen. Er meinte, er hätte Lust gehabt, Grenzen zu überschreiten», berichtet Michel am Telefon. Trotz meines Ärgers muss ich lachen. «Er meinte auch, dass er ganz durcheinander ist», sagt Michel. «Wie Werther!», sage ich. Da lacht Michel. «Und deswegen ist er allein nach Österreich gefahren, um nachzudenken», setzt Michel fort. «Er sagt, er habe vor, schon morgen oder übermorgen zurückzufahren. Dann will er mit dir reden. Er küsst dich ganz lieb, er vermisst dich.»

Durch die Hölle bin ich gegangen, doch seit Michels Anruf habe ich sie für immer hinter mich gelassen. Morgen oder übermorgen! Ich kann es kaum erwarten.

Natürlich zweifle ich immer noch. Kommt er zu mir zurück, um mir den Laufpass zu geben? Wenn das der Fall ist, dann ist er dran, dann bringe ich ihn um!

In Wien ist er jetzt, wo wir uns kennen lernten. Vielleicht geht er sogar wieder zu Sisis Schloss? Um die Geschichte ohne mich dort zu beenden, wo sie mit mir angefangen hat? Vermutlich ist er nur hingefahren, um zu überlegen, welcher von uns beiden er den Vorzug geben soll. Ich habe ihn nicht einmal gebeten, sich für eine von uns zu entscheiden, aber Barbara stellt sicher diesen Anspruch. Also vergleicht er die ergeben liebende Barbara mit der bösen Furie Julie. Da fällt es einem richtig leicht, eine Entscheidung zu treffen. Bei ihr findet er all die Aufmerksamkeit, die er bei mir vermisst hat. Sie hat es so einfach: Sie ist neu, sie ist Fan. Womit habe ich das nur verdient? Ich wusste, dass ich eines Tages würde bezahlen müssen für all die Male, die ich selbst Jungen leiden ließ. Die Welt ist gerecht. Ich bezahle. Gerade.

Welcher Dummkopf hat das Telefon erfunden? Barbara lasse ich auf Band sprechen. Sie will wissen, ob ich etwas von Frédéric gehört habe.

Schnell räume ich die Wohnung auf. Zittere dabei, psychisch und körperlich bin ich am Ende. Hat man je solch einen Marathon erlebt, solch eine Höllenfahrt? Es war so anstrengend, dass ich sofort einschlafen werde, sobald Frédéric wieder bei mir ist. Dann hat er eine wunderbare Freundin, die nicht widerspricht.

Ja, was mache ich bloß, wenn Frédéric tatsächlich in Barbara verliebt ist? Es fehlt mir an Selbstbewusstsein. Ich sollte mir einfach sagen: «Mädchen, es gibt niemand Besseres als dich!», oder Ähnliches. Die Coué-Methode anwenden: «Na, bin ich nicht wunderschön? Umwerfend sexy? Speziell intelligent? Extrem liebenswürdig?»

Wie soll ich mich benehmen, wenn er vor mir steht? Keine Ahnung. Ich werde einfach sehen, was geschieht. Große Illusionen mache ich mir nicht, ganz hoffnungslos bin ich auch nicht.

Obwohl … Eigentlich habe ich entsetzliche Angst. Was ist, wenn er nur zurückkommt, um mich zu demütigen?

Zu Michel sagte er, dass er mit mir reden will. Das möchte ich gern erleben, wie er reden will. Das kann er doch gar nicht. Nur schweigen oder Lügen erzählen. Das Schlimmste ist sowieso, dass er sich in Wien wahrscheinlich nicht einen Gedanken über das Ganze gemacht hat. Nur gelesen und die Landschaft genossen.

Wenn er mich fragt, was ich in der Zwischenzeit getan habe, antworte ich: «Mit Michels Moped bin ich rumgefahren!» Aber so richtig leicht und unbeschwert fühle ich mich nicht. Mit Frédéric kann ich auf keinen Fall so sein, wie ich bin, weil ich nicht mehr weiß, wer ich bin. Hilfe! Wenn er nur reden will, um eine «Einigung» mit mir zu erzielen! Einfach warten. Nichts tun. Aufpassen. Nichts sagen und nichts tun. Abwarten. Sehen, was er sich einfallen lässt. Einfach gar nichts tun.

Zum ersten Mal seit Tagen habe ich etwas gegessen – ein Hühnchen vom Grill – und fühle mich jetzt miserabel. Ich glaube, ich sollte weiterhin nichts essen. Dann werde ich schön schlank und schön aufgedreht.

Im Bad betrachte ich mich im Spiegel. Ich bin sehr dünn geworden, und diese schwarzen Ränder unter den Augen geben mir einen interessanten Touch. Ich habe es geschafft! Ganz neu sehe ich aus, also braucht Frédéric sich nicht mehr nach anderen Mädchen umzusehen.

Ich bilde mir einfach ein, ein Fremder würde mich besuchen, jemand, den ich nur flüchtig kenne. Nur wäre ich die Geliebte – eine viel schönere Rolle als die der betrogenen Frau. Das war die Rolle, die mir aufgedonnert wurde, die Rolle des Holzklotzes, der mitten im Weg zum Glück liegt. Diese Rolle interessiert mich nicht. Mich interessiert nur eines: die Wahrheit.

Nun geht es mir also darum, den Fremden zu verführen, ihm den Kopf zu verdrehen, sodass seine Freundin vollkommen ausflippen würde, wenn sie es je erführe.

Doch plötzlich stelle ich fest, dass ich mich über Nacht in einen Mann verwandelt habe. Ich hatte wohl keine Lust mehr, mich wie eine hysterische Ehefrau aufzuführen. Gegenüber solch primitiven Affen ist es immer noch das Beste, eine bestimmte Härte und Überheblichkeit zu wahren. Cool sein. Nur keine Blöße zeigen. Eine leise Verachtung schadet da nicht.

Und da ich von Frédéric keine Ehrlichkeit erwarten darf, kann ich gleich auf Diskussionen und Erklärungen verzichten. Frédéric hat jetzt einen Freund in mir. Vielleicht erlebe ich gerade eine Hormonrebellion, jedenfalls fühle ich mich wirklich wie ein Mann. Meine verlogene Nutte kommt wieder nach Hause. Der werde ich den Arsch versohlen!

Ich ziehe Frédérics Pyjama an, lege mich ins Bett und schlafe sofort ein. In der Morgendämmerung werde ich von einem leisen Geräusch geweckt. Als ich aufstehe, geht die Wohnungstür gerade zu. Ich sehe im Treppenhaus nach. Nichts. Also laufe ich zum Fenster. Unten erkenne ich Frédérics blonde Haare, die unter einem Helm verschwinden. Frédéric klettert auf Michels Moped, hält sich an dessen Hüften fest. Das Moped düst los. Sein Licht wirft einen breiten Strahl auf das Haus gegenüber, auf den Kiosk und auf die Kreuzung.

Auf dem Küchentisch liegt ein Zettel: «Ich liebe Michel. Es tut mir Leid. Reden wir in ein paar Tagen darüber. Dein Frédéric.»

Ich lasse mich auf den Plastikstuhl fallen, verharre lange in derselben hängenden Stellung, dann springe ich auf und gehe in Frédérics Zimmer. Der Zeichenblock ist weg.

Mein hässliches blaues Hemd ziehe ich über und lege die neueste Platte von «Polyester» auf: «Ich liebe es, die Typen zu betrachten, die am Strand rumspazieren …» Und während die Musik läuft, lege ich los:

Ihr gemeinen Arschlöcher! Ficker! Stinker! Wichser! Hurensäue! Widerlinge! Kleinliche Idioten! Lebendige Tote! Eklige Horrorfratzen! Miese Fahnenschwenker! Schizophrene Mörder! Schlechte Schauspieler! Bekloppte Spießer! Verfluchte Hassobjekte! Gemeine Metzger! Zirkusclowns! Billige Nutten! Schwanzlutscher! Matratzensportler! Faule Feger! Ignorante Feiglinge! Inexistente Taugenichtse! Billige Komödianten! Ehrgeizige Ignoranten! Lästige Kacker! Verstaubte Möbelstücke! Leidenschaftslose Fummler! Besengte Öfen! Dämliche Schreckschrauben! Humorlose Langweiler! Beschissene Lügner! Bescheuerte Heinis! Spießiges Pärchen! Besenstöcke! Kaltes Gemüse! Halbe Portionen! Leere Dosen! Nichtige Nullen! Jämmerliche Gestalten! Trübsinnige Landschaften! Krankhafte Tyrannen! Eingebildete Zwerge! Öde Pantoffelhelden! Krumme Morgenlatten! Gefährliche Psychopathen! Kriminelle Ochsen! Lästige Hurenkinder! Lächerliche Dummköpfe! Satanische Ekelpakete! Unfaire Engländer! Friseure! Säcke! Feige Hunde! Ferkel! Hampelmänner! Primitive Gewohnheitstiere! Blödiane! Halbaffen! Kühe! Insekten! Fledermäuse! Gänse! Dämliche Deppen! Fertige Penner! Nullitäten! Kalte Pisser! Furzschnüffler! Spione! Finstere Fiedler! Filzläuse! Banale Bourgeois! Senile Frührentner! Üble Angeber! Elende Dummköpfe! Zurückgebliebene Schattenboxer! Unerträgliche Lahmärsche! Leidenschaftslose Dirnen! Herzlose Luller! Deprimierende Gestalten! Schlafmützen! Pantoffelhelden! Schleimige Pedicatoren! Kranke Grabbler! Schamlose Kretins! Faltige Totgeburten! Angepasste Spießer! Paranoide Zerstörer! Killer! Labile Schnellspritzer! Flaschen! Geschirrspülmaschinen! Gummipeter! Fliegende Ratten! Hässliche Pötte! Verdorbene Macker! Alte Klaviere! Graue Mäuse! Stinker! Kothaufen! Temperamentlose Waschlappen! Verachtungswürdige Langweiler! Verwelkte Hurenböcke! Dumme Ziegen! Gleichgültige Esel! Traurige Erscheinungen! Trübe Tassen! Schizophrene Monster! Hyänen! Absurde Tiere! Kaputte Sadisten! Aufgeblasene Egozentriker! Manisch-depressive Krabbler! Dreibeinige Hunde! Stupide Bauern! Fantasielose Verdränger! Zicken! Fotzen! Schlampen! Pisser! Wahnsinnige Tanten! Kotzbrocken! Bakteriensäcke! Unzurechnungsfähige Rammler! Verrückte Scheißtypen! Schafe! Drachen! Kamele! Übergeschnappte Alkoholiker! Leichenschänder! Schwachsinnige Furien! Giftige Kröten! Unterentwickelte Wiederkäuer! Unglücksbringer! Doofe Pupser! Ekelerregende Trottel! Verfickte Wackelärsche! Verbrauchte Schuhbürsten! Gefühlsduselige Spielverderber! Geile Geißböcke! Ungerechte Schweine! Brutale Serienmörder! Kannibalen! Triste Hängetitten! Kaltherzige Grübler! Blasse Studenten! Graue Eminenzen! Dreiste Scheißgören! Aggressive Säufer! Kaputte Roboter! Loser! Flittchen! Fehlgeburten! Schmutzige Höschen! Schmierige Putzlappen! Vulgäre Starlets! Groteske Figuren! Deprimierende Missgeburten! Fantasieloses Pack! Armeematratzen! Aasgeier! Arschgesichter! Schlappschwänze! Perverse Fieslinge!

Der Papagei

Gestern wollte ich eigentlich aufhören zu rauchen. Hätte ich es bloß getan! Dann müsste ich mich jetzt nicht mehr von den Bulldogen beschimpfen lassen. Den Bulldoggen gehört der neue Tabakladen um die Ecke, es sind grimmige Wesen, die meine «verlogene Überfreundlichkeit» nicht zu schätzen wissen.

Wäre ich nicht so faul, dann würde ich zu meinem früheren Tabakladen um die Ecke gehen. Dort ging es zu wie in Césars Kneipe bei Pagnol: die Erfindung des Dorfes in der Großstadt.

Der Inhaber, Herr Müller, war vor lauter Glück immer rot im Gesicht. Warum? Weil seine Frau eine umwerfende Schönheit war, eine Diva, eine Liz Taylor in Blond. Das hieß allerdings nicht, dass Herr Müller an Richard Burton erinnerte, im Gegenteil, mit seinem schütteren Haar und der saloppen Sportkleidung war er kein bisschen elegant, doch sehr sympathisch.

Die Freunde der Müllers, die den ganzen Tag im Tabakladen herumhingen, hauten sich auf die Schenkel, wenn er mit urberlinerischem Akzent aus der aktuellen «BZ» vorlas und dazu seine Kommentare abgab.

Die Hauptattraktion jedoch war der Papagei: Er hatte zwar keinen Namen und konnte auch nicht sprechen, aber wie schön er war! Mit seinen bunt schillernden Flügeln, die den ganzen Laden zum Strahlen brachten. Unermüdlich versuchte er, die Glückspfennige herauszupicken, die unter einer Glasscheibe am Tresen hafteten.

Wenn ich vormittags den Laden betrat, glotzte mich der Papagei kurz an, Herr Müller schob seine «BZ» zur Seite, die Kumpels rückten diskret in den Hintergrund, wo sie sich ihrem «Schultheiss»-Morgenbier und echten Berliner Schrippen – blass und weich – widmeten. Herr Müller legte mir eine Packung Gauloises und die neue Ausgabe der Wochenzeitschrift auf den Tresen. Wo sonst auf der Welt bekam ich jeden Wunsch erfüllt, ohne ein Wort sagen zu müssen?

«7080 Mark!», sagte Herr Müller dann. Seine Freunde fanden das irrsinnig komisch und brüllten vor Lachen.

Seine Frau lachte nicht: sie lächelte, wie eine Madonna. Tagsüber saß sie nur am Ende des Tresens und tat nichts als lächeln. Vor Sonnenaufgang aber sah man sie durch das «Loch in der Wand». Die Ladentür war noch abgeschlossen, also musste man seine Bestellung am Loch in der Wand abgeben. Waoh! Um sechs Uhr früh so einen Auftritt hinzulegen! Glamour pur: allein die Frisur, eine Art mehrstöckige wasserstoffblonde Geburtstagstorte, aus der – kunstvoll arrangiert – wilde Locken ragten. Und zwar bestimmt kein Haarteil. Nein, das sah man gleich: alles echt. Und das Make-up erst! Atemberaubend: perlmuttblauer Lidschatten über langem Eyeliner-Strich, extra deckender Reispuder, hellrosa schimmernder Lippenstift ... Und die Hände, französisch manikürt ... Dazu Unmengen Schmuck und unglaublich sexy Kleider! Um dieses Wunder zu vollbringen, musste Frau Müller mitten in der Nacht aufgestanden sein.

Als ich eines Morgens von einer Party kam, war ich überrascht, nicht Frau, sondern Herrn Müller im Loch in der Wand vorzufinden. Zuerst dachte ich, er sei total betrunken. Die karge Kopfbehaarung war in alle Himmelsrichtungen verweht, seine geschwollenen Augen waren rot unterlaufen, er zitterte am ganzen Körper. Traurig reichte mir Herr Müller die Zigaretten, die ich wie immer nicht bestellt hatte. Aber er sagte nicht, dass sie 4080 Mark kosten würden.

«Geht's Ihnen irgendwie nicht gut?», fragte ich.

Eine Träne rollte ihm über die Backe. «Sie ist weg», sagte er, «sie ist weg.»

«O nein», sagte ich.

«Doch, doch, sie hat 'nen Jeliebten, mit dem ist sie abjehauen.»

«Oh … Oh», wiederholte ich nur.

«Und icke?», fragte er verzweifelt. «Wat soll ick nur machen? Ick kann doch nicht zu meener Mutter zurück, bei dem Alter.»

(Er war bestimmt schon über fünfzig.)

In den Tagen danach schien Herrn Müller der Papagei auf die Nerven zu gehen. Mit betretener Miene verzogen sich die Kumpels in eine Ecke. Bald kamen sie erst gar nicht mehr.

Auf einmal war sie wieder da – im Loch in der Wand: Frau Müller! Haargenau wie früher, nicht eine Locke war ihr aus der Geburtstagstorte gerutscht. Der Papagei durfte glotzen, zappeln, picken, und Herr Müller pfiff ein Liedchen, wenn er die frischen Zeitungen hineinbrachte. Nachmittags lächelte Frau Müller wie früher, während er die Freunde zum Lachen brachte.

Es herrschte also vollkommene Harmonie. Und doch wollte mir eine Frage nicht aus dem Kopf: Wovon träumt Frau Müller, wenn sie so madonnenhaft lächelt?